O Coletor de Almas

Douglas MCT

AS VIAGENS DA PEREGRINA DO TEMPO E DA TERRA

O Coletor de Almas

DOUGLAS MCT

GUTENBERG

CAPA
Diogo Droschi (projeto gráfico)
Danilo Beyruth (Ilustração - http://evilking.net/)
Al Anselmo (fotografia - http://anselmo.gd/)

PROJETO GRÁFICO
Diogo Droschi

EDITORAÇÃO ELETRÔNICA
Christiane Morais de Oliveira

REVISÃO
Cecília Martins

GERENTE EDITORIAL
Gabriela Nascimento

Revisado conforme o Acordo Ortográfico da Língua Portuguesa de 1990, em vigor no Brasil desde janeiro de 2009.

EDITORA GUTENBERG LTDA.

São Paulo
Av. Paulista, 2073, Conjunto Nacional, Horsa I, 11° andar, Conj. 1101
Cerqueira César . São Paulo . SP . 01311-940
Tel.: (55 11) 3034 4468

Belo Horizonte
Rua Aimorés, 981, 8° andar . Funcionários
30140-071 . Belo Horizonte . MG
Tel.: (55 31) 3222 6819

Televendas: 0800 283 13 22
www.editoragutenberg.com.br

Dados Internacionais de Catalogação na Publicação (CIP)
Câmara Brasileira do Livro, SP, Brasil

MCT, Douglas
O Coletor de Almas / Douglas MCT. – Belo Horizonte : Editora Gutenberg, 2012. (As Viagens da Peregrina do Tempo e da Terra,1)

ISBN 978-85-65383-00-4

1. Ficção brasileira 2. Ficção - fantasia 3. Ficção - mitologia nórdica 4. Ficção - mitologia etrusca I. Título. II. Série.

12-01145 CDD-869.93

Índices para catálogo sistemático:
1. Ficção : Literatura brasileira 869.93

Dedicado a Mike.

E agradeço a André Gondim (in memoriam) *pela frase mais bonita do livro, proferida por Fenris no desfecho.*

Prefácio

Descobrir o talento do Douglas foi algo bem inusitado na minha vida de editora. Primeiro porque nos cruzamos num momento em que ambos estávamos nos dedicando a trabalhos que não eram os nossos "desejos de consumo", por assim dizer. Eu adorava o que estava fazendo, mas não estava trabalhando com livros – estava editando revistas –, e os livros é que são minha grande paixão. E o Douglas trabalhava na mesma equipe que eu, diagramando outra revista. Ou seja, nos conhecemos sem fazer a mínima ideia de que um dia nossos caminhos poderiam se cruzar em função da nossa maior paixão, e em papéis tão complementares.

Numa dessas conversas de trabalho, lembro-me de ter comentado que eu já havia trabalhado como coordenadora editorial, editando livros e blá-blá-blá. Foi quando o Douglas resolveu fazer a coisa mais chata na vida de um editor: pedir que eu avaliasse seu texto. Foi chato porque eu nem estava trabalhando com livros, chato porque quando se é editor e não se está no ambiente de trabalho sempre surge alguém que escreveu algo e quer que você leia – e quando se é editor, você faz isso o dia todo! Convenhamos que mesa de bar – ou redação de revista – não é o melhor lugar para você "resgatar sua habilidade de parecerista".

Pois então, eu peguei aquele livro e guardei, levei pra casa, passei os olhos e só. Não contatei nenhum conhecido, não dei nem sequer um *feedback*. Que má eu fui!

Mas é aquela coisa, a vida dá voltas e vai sempre surpreender, não tem jeito, nem tente achar que é você quem dita as regras, porque, definitivamente, não é assim! E meu encontro com o Douglas é bem prova disso.

Sabe aquela imagem de uma pessoa colocando uma carta dentro da garrafa na espera de ser encontrada e resgatada? Acho que foi isso que aconteceu quando o Douglas me deu aquele texto – ele despejou mundo afora. E eu dei uma ajudinha... Ao não fazer absolutamente nada com aquilo, eu fui seu oceano inerte... E, como disse, a vida tem suas próprias regras e dita os rumos, tal qual as águas do mar – ora revolto, ora calmo, ele dita se a garrafa vai cruzar o oceano ou se vai apenas ir e vir.

E a garrafa voltou! Na verdade, eu voltei a ser editora de livros, e, como num desses *flashes* que invadem nossa mente de propósito, a história que Douglas havia criado veio com tudo. E aquilo mexeu comigo... Será que ele havia conseguido publicá-la? Resolvi procurá-lo, e desde então começamos uma parceria para levar suas ideias mirabolantes (e deliciosas) ao mundo dos leitores.

O livro, na época, era *Necrópolis*. A história que Douglas deu para que eu lesse tempos antes e que invadiu minha mente não foi esta que cá você lerá... Esta aqui é outra consequência desse nosso reencontro. Por "coisas da vida" – desta mesma vida que tem suas próprias regras – e para a decepção e a tristeza de autor e editora, eu não consegui lançar *Necrópolis* quando e onde queria.

Mas não é que o mar revolto fez tudo mudar de novo? Nesse meio tempo, Douglas conseguiu lançar *Necrópolis* – que bom! E continuou escrevendo, mais e mais, cada vez melhor e mais maduro.

Mudei de editora, mas não mudei o desejo de ver *Necrópolis* comigo. Voltei a procurar o Douglas e perguntei se ele queria trazer *Necrópolis* para a Editora Gutenberg. Sabe quando você sente que tem que estar presente na vida de um livro, que a história dele traz vida a sua alma de editora e que você pode ajudar a dar mais vida para ele? Isso aconteceu comigo e *Necrópolis*, comigo e as ideias fantasiosas de Douglas.

Quando propus de *Necrópolis* vir para a Gutenberg, recebi um sonoro "não". *Ok, fica para a próxima*, pensei eu, brava com essa vida cheia de regras confusas e sacanas!

Mas Douglas não é autor de um livro só, de uma trama apenas. Ele é rico, e como! Logo me ofereceu esta obra que está em suas mãos. Uma proposta bem diferente de *Necrópolis*, mas cheia de encantamentos e desafios. Uma *dark-fantasy* potente, que fala de fim de mundo com três personagens fortes e tão diferentes. Um prazer de editar e ter no currículo.

Espero que vocês realmente curtam este primeiro volume de As Viagens da Peregrina do Tempo e da Terra, a nova série deste autor por quem tanto lutei. Um livro com muita história, dentro dele e nos bastidores.

Um beijo e boa leitura!

Gabriela Nascimento
Gerente Editorial – Gutenberg
Janeiro/2012

P.S.: Sabe qual é a melhor parte? Minha luta não foi em vão... Em breve vocês também poderão curtir *Necrópolis* editado por mim e pela Gutenberg (ah, o jogo da vida! As peças se encaixam na hora certa...). Aguarde nossas boas notícias e nossos bons livros e, claro, mais barulho dessa dupla de autor-editora.

Nota do autor

O Coletor de Almas nasceu despretensioso, da minha necessidade de explorar outras ideias fantásticas além de *Necrópolis*, que, como uma hexalogia, já possui linha narrativa definida. OCA, como eu chamo carinhosamente esta nova obra, pareceu suprir o que planejei desde o início, em 2008, quando escrevi suas primeiras linhas e esbocei o enredo principal.

Peço perdão aos fãs e estudiosos das mitologias nórdica e etrusca, minha fonte de inspiração, que serviu de sustento para o desenvolvimento dessa história sobre o fim do mundo. Veja bem, usei o pano de fundo desses mitos, alguns de seus personagens, e dei meu tom, pegando elementos emprestados para construir uma trama que você não leu antes, nem nos livros que tratam dessas mitologias. Coloquei no recheio um bocadinho de humor negro, boas doses de perversidade, uma camada mais romântica, deixando escorrer pelas bordas o sangue com a epicidade e granulado de morte, muita morte.

Por que escrevo tanto sobre a morte?, perguntam alguns leitores. A resposta é complicada, mas ao mesmo tempo simples. Acredito que seja porque eu a temo. Utilizar artifícios ficcionais ameniza a dor que ela causa quando nos tira alguém; ou talvez seja justamente por sua beleza literária, que nos faz vê-la como uma inevitável jornada, assim como a que obrigo meus personagens a percorrer.

OCA não só foi um passo natural na minha eterna evolução como autor, como também um laboratório literário. Testei novas técnicas, novas maneiras de contar história, de lidar com personagens. A ideia era mesmo fugir, ainda que pouco, do formato textual de *Necrópolis*. São dois livros com duas propostas distintas e, ainda que com o mesmo pai, vão para lados diferentes, pedindo cada um sua própria escola.

Em OCA eu quis trazer a linguagem de quadrinhos para a literatura. Minha maior – e declarada – influência foi o quadrinhista Mike Mignola com sua obra-prima *Hellboy*. Não à toa, combinei com a editora de contatarmos seu equivalente nacional, tão talentoso quanto, Danilo Beyruth, para a feitura da capa, que lembra uma HQ e, de alguma forma, tem o espírito de *Hellboy*. É quase uma singela homenagem.

Você notará uma narrativa mais dinâmica, com velocidade equivalente à dos entrequadros das HQs, diálogos baseados em personagens da nona arte e uma fluidez mais louca e veloz, para ler num fôlego só. Você vai conhecer um novo mundo cheio de fantasia e tecnologia, com personagens orbitando ao redor da Árvore-Mãe, cada qual com seu propósito. Você verá como esse mundo acaba.

E a graça está justamente em adivinhar quem sobrevive no final.

Douglas MCT
novembro de 2011

Prólogo

Eu sonhei com o fim
O Sol extinto junto das estrelas
Fendas que se abriam na terra, a Lua Negrejante,
Onde os corações esfriavam, a esperança também;
Reis coroados tombavam, decapitados,
Muitos fugiam, inquietos com o trevoso céu
A mortalha de um mundo extinto, e então de novo,
Ciclo, serpente e lobo, devastando o que não mais existe;
O visitante inesperado, inescrupuloso, maldito
A morte, aquela que não morre e o que quer morrer,
A menina com o fogo na mão, despudorada;
O homem com o desfecho no punho, sem alma, sem nada;
Dois inimigos que vieram a encontrar-se
Junto à árvore do mundo, sustento finito da realidade
Para um uso profano; eles a resolveram
E para viver um nada, resgataram o que ali era proibido
Levando o caos, o fim e o vazio, sem vida.
De seus atos, as trevas eram o universo.

– A senhora terminou? – perguntou a doce Lisa.

– Sim – respondi. – Não há mais nada que eu possa contar. Não há mais nada com o que entreter você.

– Então está na hora de eu partir. A senhora vai me deixar sair?

– É lógico. Eu prometi, não foi?

– Obrigada por tudo! – ela sorriu para mim, de uma forma que jamais esquecerei. – Passei bons momentos aqui.

A minha querida Lisa se levantou e caminhou até a porta, que se abriu para ela. A madeira rangeu. A Casa dos Pés de Galinha gritava em coro um adeus para a jovem e pura mocinha.

Ela olhou uma última vez para mim, com aquele semblante sereno e terno e os olhos brilhantes como a noite estrelada.

– Espere! – intervim. – Há algo mais.

– O quê?

– Você estava esquecendo sua lanterna – e joguei para ela a Estrela das Bruxas, que delicadamente alcançou suas mãos. – Ela vai iluminar seu caminho daqui em diante. Havia muito você precisava de luz em sua vida, não é?

– Sim – ela fitava o objeto com alegria. – Depois de cinco invernos, chega até a ser irônico.

Suspiramos.

Depois o silêncio.

– A senhora queria me perguntar algo? – disse ela, quebrando o último momento de nossas reflexões.

– Ó sim, minha criança. O que achou do poema que acabei de ler para você?

– Tenebroso. Enquanto a senhora lia, senti a vida me abandonar e tive pesadelos desperta, presenciando cada cena como se fosse real.

– E serão.

– Espero que não. Mas estou feliz. Esse poema me deixou contente!

– Que bom, pequena.

"*A mortalha de um mundo extinto*" – ouvi, em sussurros ocultos.

– Adeus, senhora.

– Adeus, amada Lisa.

A porta se fechou assim que ela saiu, mas por um momento pude ouvir sua respiração hesitante, lá do outro lado. E eu sabia que ela também poderia me ouvir.

– Quando a morte alcançar você (e ela vai), seja corajosa, minha criança. Enfrente-a, encare a. Ela não fugirá de você, mas você poderá derrotá-la se assim quiser. Você possui a luz na palma da mão; esse é um poder só seu e é ilimitado. Tudo vai acabar. Este mundo, essas pessoas, esses seres. Até mesmo eu acabarei. Nada restará. Só você... Mas só se assim você desejar.

Finalmente parei de falar. Não havia mais nada a dizer.

E também ninguém mais para ouvir.

Ela havia partido muito antes; assim pude lamentar.

"*As trevas eram o universo.*"

1º CAPÍTULO

Desvanecimento

Ano 5 do Sol-Negro,
Nastrand, Rua 1075, Týsdagr, 18h06

Larval precisou de auxílio para derrubar a parede de concreto. Um homenzarrão chamado Josué foi quem fez a parte mais trabalhosa, usando de sua força descomunal para levantar a pilastra de ferro e forçá-la contra a parede que impedia a passagem para o último cômodo do casarão, até que ela começasse a rachar, depois ruir gradativamente, até desmoronar por completo.

Uma escura e densa poeira se levantou e, à medida que se dissipava, revelava o 16º quarto de hóspedes da senhora Fibbs. A velha gritou em comoção, não conseguindo mais se conter.

– Oh! – ela entrecruzou os dedos enrugados. – Já faz três dias!

– Três?! – trovejou Larval. – E só agora a senhora nos avisa?

– Desculpe-me. É que ele sumia por alguns dias, depois retornava. Tinha esse mau hábito, sabe?

– E como se comunicavam?

– Fazia anos que eu não entrava neste cômodo. Mas ele gostava daí. Sentia-se mais à vontade, mais *livre*. E era só um simples quarto de hóspedes.

– Eu sei o quanto Faon era recluso... – Suspirou Larval.

– Ele sempre foi assim. Mas, nos últimos anos de vida, piorou. Quase não saía de casa e mal ia vê-lo. Já não era o bom homem e profissional que foi um dia.

– Há relatos de que pessoas nesta idade tendem a se isolar das outras, senhora – disse a forma espectral, quase não notada naquela sala. – Até mesmo de seus familiares.

– Diga a seu amigo que não converso com outros fantasmas além de Faon.

– Bog... – resmungou Larval, olhando de canto para a alma penada ao seu lado, e o fantasma se calou, consentindo. – Agora me diga – voltou-se para a senhora Fibbs –, o velho atravessava a parede para conversar com você?

– Sim. Todos os dias no chá das cinco – ela sentou-se, triste. – Se ausentava poucas vezes, quase nunca – procurava algo nos bolsos de sua blusa, sem muito sucesso. – Você sabe, Larval. Faon morreu de desgosto neste quarto, e nós só encontramos o corpo nove dias depois. Meu filho mais velho resolveu conservar o corpo do pai em segredo e o emparedou. Só muito tempo depois, quando Faon nos visitou em espírito, é que descobrimos que ele havia se tornado o *poltergeist* de nossa casa. Acho que queria nos proteger... – Bog surgiu ao lado dela e lhe entregou um lenço, que a mulher aceitou de bom grado, mas sem agradecer. O fantasma não se importou. – Depois que nossos filhos se casaram e se foram, ficamos só eu e ele aqui... E agora ele sumiu... Sumiu! – começou a chorar penosamente. O lenço quase não continha suas lágrimas.

– Fique calma, senhora Fibbs. Talvez ele tenha saído por algum motivo e daqui a pouco deve estar chegando.

– Não creio nisso – dizia a mulher, enquanto fungava; do nariz escorria um líquido verde e espesso na direção dos lábios rachados. – Eu não consigo mais sentir a presença dele aqui, entende? Ele sumiu. Sumiu!

– Calma. Vamos verificar isso. – Voltou-se para o amigo ao lado, que carregava um aparelho um pouco maior que duas mãos, retangular e cheio de botões e luzinhas – Bog?

– De acordo com o espectrorama, não há densidade ectoplasmática ativa neste cômodo e em nenhum outro lugar do casarão.

– Droga! E eu que estava torcendo para que Faon tivesse fugido de mim, só porque vim buscá-lo.

– Mas era hoje? – perguntou a senhora Fibbs.

– Não. Semana que vem. Mas ele sabia.

– Então ele fugiu, certo?

– Não, senhora. Acho que ele desapareceu mesmo – levou o indicador para o alto e apontou na direção do rosto dela. – E não precisa me dizer. Eu *sei* que isso é muito estranho!

Larval atravessou pela parede derrubada até o interior do quarto escuro. A senhora Fibbs não o acompanhou.

– Para que serve esse aparelhinho? – perguntou Josué, repentinamente, com sua voz gutural e lerda, indicando com o olhar.

– Hã... – Bog hesitou por um instante, mas adorava responder a essa pergunta. – Este pequeno aparelho foi criado pelos médiuns extrafísicos do Reino de Miry, com o intuito de verificar precisamente qualquer presença ativa e não ativa do ectoplasma de alguma alma, seja recém-falecida, seja antiga, seja antediluviana.

– Antediluviana? – indagou em tom abestalhado.

– É. Mas nunca foi preciso usá-lo para isso – soltou um pigarro e continuou. – O espectrorama possui três microscópicas gemas místicas da Terra Central, essência de auréola da Terra Alta, alguns gramas de Pó de Adão dos subterrâneos da Terra Oca, cianeto, éter, eletricidade volátil e um pouco de ectoplasma concentrado – mostrou o aparelho em suas mãos, orgulhoso. – E tudo isso confinado dentro deste fino molde de ferro e plástico. Muito prático de se segurar, aliás.

– Legal.

Uma voz ecoou de dentro do cômodo. Parecia surpresa:

– Ei! Tem algo aqui! – trovejou Larval.

Bog o encontrou no quarto, e sua emanação ectoplasmática trouxe um pouco de luz ao ambiente. Josué permaneceu no mesmo lugar, era grande demais para atravessar aquele buraco. A senhora Fibbs, ainda temerosa, mostrou-se curiosa:

– O que tem aí? – colocou somente a cabeça para dentro da escuridão.

– Uma espécie de desenho feito a giz, sei lá...

– Uma mandala, para ser mais específico – completou o fantasma.

– Não me lembro de existir algo do tipo antes – a mulher estranhou.

– Talvez o velho tenha feito isso no tempo que passou como *poltergeist* por aqui.

– Talvez... – ecoou Bog.

– E por qual motivo meu marido faria isso? Por que ele não me contaria? O que isso tem a ver com o desaparecimento dele? O que significam esses desenhos?

– Calma aí! Uma pergunta de cada vez – resmungou Larval, dando uma cusparada de fumo curtido diretamente no chão. – Se o velho não contou, é porque imaginou que a senhora talvez não compreendesse os fatos. E ele *sempre* tinha motivos pra fazer algo, então isso não foi feito sem propósito – deu um tapinha na parede onde estava o desenho e retirou um pouco mais de poeira, revelando mais detalhes da figura. – Ele desenhou isso atrás de um quadro de paisagem, o que significa que queria esconder de alguém. Sobre os significados, bem... Bog?

– Não sei ao certo, mas lembro de ter visto essa mandala em algum lugar... – levou a mão ao queixo e ponderou. – De qualquer forma, há símbolos aqui que consigo interpretar.

– Nem precisa! Este aqui – Larval apontou para uma figura ao topo; em suas extremidades havia dois círculos pequenos, descia formando uma cruz no centro e findava num círculo maior com um risco em cada lado – é o símbolo do Coletor de Almas. O *meu* símbolo.

– E de meu falecido marido também...

O fantasma indicou a figura central e maior da mandala, que era formada por um círculo atravessado por quatro cruzes, e acrescentou:

– Aqui temos um dos símbolos-mor do nosso universo, que é o de Yggdrasil, a Àrvore-Mãe. E aqui o símbolo que representa O Reino. O *nosso* reino de Terra Oca – revelou, ao indicar a figura do lado direito, que lembrava a extremidade de um tridente com suas pontas tortas. Bog parecia cada vez mais contente e satisfeito conforme interpretava cada significado.

– Pois é, pois é... E isto? Parece mais um símbolo de... – indagou a senhora Fibbs.

– Bruxaria.

– E isso é bom? – preocupou-se ela.

– Não sabemos ainda, precisamos investigar – respondeu o Coletor de Almas saindo do quarto, enquanto limpava a poeira de seu sobretudo de tom esverdeado e retirava os óculos de proteção, levando-os para cima da testa. – Não há mais nada neste quarto que indique algo sobre o desaparecimento do velho. Vamos, Bog. Nosso trabalho aqui acabou!

– De qualquer forma, usei o espectrorama para fotografar o quarto e aquela mandala. Mapeei toda a casa também. Poderemos estudá-la melhor em nossas viagens. Infelizmente não compreendi os demais símbolos – suspirou ao sair do cômodo, planando acima do chão.

O homem e o fantasma, frustrados, se dirigiram até a porta do casarão para a Rua 1075, onde o movimento de pessoas e criaturas era intenso. Trabalhadores, de ambos os sexos e de quase todas as idades, os nastrandes mantinham a cidade sempre acordada, suja e fétida, como mais nenhuma outra no mundo de Terra Oca. Caótica era seu apelido.

A senhora Fibbs fez o pagamento de dez moedas de cobre para Larval, e ele partiu, prometendo encontrar respostas sobre o desaparecimento de Faon.

– Hã... – disse Josué, lerdo. – Posso ir agora, mamãe?

– Sim, querido – abanou a mão para ele e depois se virou, indo chorar em seu quarto, no lugar mais alto do casarão.

Fenda Escura, E.C.A., 20h08

O fantasma ligou o cabo do espectrorama no Andvarinaut, o computador especial do Coletor, criado no passado pelo anão-cientista Andvari, que estava sobre uma velha mesa de madeira podre, iniciando softwares específicos para a pesquisa que necessitava realizar.

– Abri aqui o Banco de Dados Oficial do Reino; vou fazer com que ele compare todos os símbolos (antigos e novos) existentes em nosso mundo com a fotografia da mandala que tirei na casa da senhora Fibbs e os dados que lá mapeei. Ele também vai comparar símbolos de outros mundos. É um banco vasto... Olhe! Já está carregando. Talvez leve horas até concluir.

– Sem problemas – disse Larval, que fuçava papiros em uma gaveta de um arquivo de metal, no canto da sala. – Temos de deixar esse espectrorama carregando até encontrar as respostas de que precisamos. Não podemos pará-lo. Tenho outro aqui comigo, e ele é suficientemente bom para nossa próxima viagem.

– Mas ele não estava com defeito?

– Às vezes ele funciona, às vezes não... Mas já disse: ele *será suficientemente bom para nossa próxima viagem* – jogou o aparelho no ar, na direção do fantasma. – E ficará com você!

– Farei um link deste espectrorama velho com o novo, assim um vai passando os dados para o outro. Será excelente. Qual o nosso próximo destino?

– Os documentos aqui indicam que as três almas de Maria, Ricardito e Carlos devem ser levadas na Þórsdagr até o fim do dia; estão entre Nastrand e Yggdrasil, no meio do caminho. No Reino de Golgotha preciso coletar o pequeno Edda.

– Droga! – cerrou os punhos, socou o ar, e uma energia ectoplasmática cintilou e subiu sutilmente pelo teto do escritório.

– Fazer o que, né?! – resmungou Larval, enquanto abria a porta da sala, olhando a silhueta barulhenta de Nastrand, ao longe. – Mas sempre é um prazer reencontrar Balor – ironizou. E acendeu o charuto que trazia no bolso de seu sobretudo.

– Quando partimos?

– Em minutos – deu uma tragada prazerosa. – Vou me aprontar. Por favor, verifique se a gôndola está intacta; se não estiver, providencie outra. Vi na previsão do tempo de hoje que o Rio Lethe não vai colaborar...

INTERLÚDIO

As nornas

Um lugar onde o tempo não existia e o vazio era pleno, que nem a luz nem as trevas alcançavam, e somente o som das mentes podia ser interpretado. Um lugar onde Nada era Tudo. Uma imensidão nos confins da eternidade, onde o destino começava e terminava. Onde Sorte, Azar e Providência estavam fusionados numa única palavra. Uma região inconcebível e inimaginável, uma região cíclica e única. Em sua eterna estabilidade arborizada de conceitos, o passado, o presente e o futuro coexistiam para que Tudo pudesse existir.

Esse era o Bosque do Fim do Mundo.

Sob a sombra de um gigantesco ramo de freixo da Yggdrasil, a árvore-mãe, três mulheres trabalhavam num enorme tear, à beira de um lago tão transparente que se podia ver nas profundezas de suas águas todo o universo. Elas teciam com harmonia e discutiam sobre o destino da própria existência.

– Há muito as coisas eram diferentes. Todos se respeitavam, eu me lembro bem. Há muito o mundo vivia numa paz que hoje não se vê mais – disse a mais velha delas.

Ela era tão idosa, mas tão idosa, que suas rugas pareciam se multiplicar cada vez que abria os lábios enormes e cortados para falar. Os poucos dentes que lhe sobraram eram podres e amarelados, causando um fedor infinito. Nessas mesmas rugas, via-se todo o passado da humanidade. Ela era bem diminuta, tinha poucos cabelos, e eles eram brancos, grisalhos e longos, tocando a grama abaixo de seus pequeninos pés. De mãos trêmulas, falava pausadamente enquanto tecia.

– Você chama a Guerra dos Trolls, do ano 3 da Lua-Nova, de "paz"? – disse a outra mulher, de aparência materna e frágil. – E a Batalha dos Nove Reinos do Oriente, no ano 1 da Bruma-Densa, hem? Ou o assassinato do inocente Ancião do Vale pelas mãos de seu povo? Poupe-me, Urd!

– O que foi não é mais, Verdandi – continuou a mais velha. – Apenas me recordo aqui dos relatos de uma época que, infelizmente, jamais voltará. Diferente do seu tempo, em que tudo é instável e incerto.

– Também não poderia ser de outra forma. O que forneço para a humanidade e outros seres, nada mais é do que pura dádiva. Eles não sabem, mas são muito gratos a mim – respondeu séria mas concentrada ao tecer.

Ouviram um soluço e se calaram. Depois, ele se transformou em choro. Ao lado das duas irmãs, a terceira estava em prantos, triste e apavorada, tentando se conter, com lágrimas sutis. Era a mais bela das nornas – e a mais jovem também. Possuía um corpo belo e esguio, desejado até mesmo pelo mais poderoso dos deuses; intocável, porém.

– O que a aflige, meu amor? – indagou a segunda, preocupada.

– Todos os dias é a mesma coisa – reclamou a moça, limpando o rosto molhado. – Vocês duas ficam aí discutindo o mesmo assunto. Nunca muda. Nunca!

– Mas não é por isso que choras. Estou certa, querida Skuld? – murmurou a velha Urd.

– Não. Não é por isso – soluçou e tropeçou nas palavras, antes de continuar. – Eu vejo o fim no horizonte. Ele chega aos poucos, escondido nas sombras.

– Você repete as mesmas palavras da bruxa. Que horror!

– As visões da bruxa foram dadas por mim. Tive de alertar alguém que tivesse a capacidade de receber esse acontecimento profético sem duvidar e que o passasse adiante para uma jovem de esperanças.

– Esperança! Que palavra mais horrorosa. Ela não existe! Vi ao longo dos anos o que o mundo é capaz de fazer a si mesmo – resmungou a velha.

– E depois fala bobagens sobre o seu passado de "paz". Oras! – retrucou a mulher maternal.

– Calem-se! – ordenou Skuld. – A esperança está em duas criaturas escolhidas. Cabe a elas tomar a decisão. Eu apenas transmiti esse sentimento a elas.

– Você sabe muito bem que os humanos são a raça mais difícil de lidar. Não vai funcionar.

– Então o mundo de vocês está perdido! – disse a velha, desconcentrando-se em seu tear.

– Nosso mundo, Urd!

– Não haverá mais nada depois que todas se forem. Mais nada. – lamentou a moça, interrompendo seu choro aos poucos. – Tudo acabará, até mesmo nós.

– Eu estou preparada para partir, há muito – finalizou a primeira.

– Se o destino é esse, eu poderia partir agora mesmo! – disse a segunda.

– Vocês se acovardam diante do inevitável. Mas eu ainda tenho esperanças. De qualquer forma, se tiver de inexistir, eu inexistirei.

– E assim será – em uníssono.

O tear de Verdandi permaneceu perfeito. Urd já tinha se atrapalhado no serviço e voltaria a refazê-lo. Skuld iniciaria um novo, mesmo tensa.

– Voltemos a tecer, senhoras.

Elas não notaram, mas a moça tecia em linhas tortas o destino de um mundo.

2º CAPÍTULO

Retorno ao lar

Reino de Magog, bairro dos Colibris,
Óðinsdagr, 09h00

A casa estava em chamas, e as três mulheres, incineradas. Uma fumaça preta e intensa subia aos céus do Reino de Magog, com o fedor da morte impregnado em todos os lugares, pessoas e criaturas.

Lisa assistia a tudo aquilo assustada. Imóvel perante o que um dia fora sua casa, a garota percebia suas irmãs e sua madrasta, pouco a pouco, se tornarem cinzas decrépitas, num ambiente lúgubre que ela mesma havia criado.

"*Foi um acidente*", sussurrou para si, inconformada, voltando depois seus olhos para a Estrela das Bruxas.

Queria poder chorar, mas não conseguia. Não se lembrava mais como fazia. Sentia tristeza, disso sabia. Seu nariz coçava, e seus olhos ardiam. Via a morte depois de muitos anos. "*Eu só vim acender a lareira*", repetia.

21h00

Octavius era só mais um dos soldados Forsite que compunham a Guarda Real e usavam placas metálicas que cobriam o corpo sobre a cota de malha. Só mais um nefilin, como todos os demais habitantes do Reino de Magog, que odiava o calor de suas vestes naquela região sempre quente, de calor escaldante.

Logo pela manhã, fora avisado por um camponês sobre a vinda à cidade de uma estrangeira portando um tipo de cajado fúnebre. Como Octavius guardava uma das fronteiras, percebeu seu erro em não a ter notado e resolveu investigar. Consultou ciganas e espíritos da floresta, até descobrir que se tratava de uma conterrânea, o que poderia diminuir seus problemas, se ela não tivesse sido aprendiz de uma feiticeira. Supostamente.

Os nefilins não praticavam magia e não toleravam quem o fazia. Ligavam tal ato a demônios e criaturas malignas – por isso o medo e a ignorância. Várias pessoas daquelas terras já tinham sido enforcadas, queimadas, escalpeladas ou esfoladas vivas por serem consideradas bruxas ou magos, praticantes de magia, fosse ela branca, fosse ela negra. Os praticantes consideravam isso um preconceito e viviam à margem da sociedade de Magog para sobreviver – mas não demorava e eram caçados e mortos pelos soldados Forsite. Os que sobreviviam escapavam para outros reinos, mas atravessar as fronteiras não era tarefa fácil, dada a forte vigília. Até então, pelo menos. Octavius havia cometido seu primeiro engano e não se perdoaria por isso. Nem seu novo rei, que não gostava de tal título.

Levou doze horas entre investigar, descobrir o paradeiro e seguir até a área rural em que Lisa vivia – e avistou uma casa recém-queimada.

Derrubou a porta com um chute. Tudo por lá estava podre e semidestruído. Cheiro de morte no ar, calor nas paredes, cinzas no chão, sem vida, a não ser por aquela silhueta encolhida num canto de um cômodo lúgubre, próxima a uma lareira, onde fagulhas esperavam por renascer. Viu uma menina pequena, de não mais que treze anos, com os joelhos dobrados até a altura do queixo, os braços entrelaçando as pernas. Os pés dobrados de forma forçada para dentro, lágrimas já secas na face delicada e um olhar de medo. Em choque.

Ela certamente o notara, mas não conseguia se mover nem expressar qualquer outra reação além daquela. Seus lábios estavam contraídos, e seu vestido curto e branco estava queimado, com um pouco das cinzas das irmãs perdidas pelos ombros, joelhos e coxas. Ao lado dela, o soldado notou uma mochila surrada e um cajado de madeira escura com um crânio negro acoplado na ponta, e ainda saíam chamas de suas órbitas. Não teve dúvidas, era a conterrânea que procurava.

– Seu nome, garotinha?

Ela não respondeu na primeira vez. Ele teve de perguntar novamente. Passaram-se mais alguns minutos. Octavius foi paciente.

– Lisa – ela conseguiu dizer. Engoliu seco, começava a sair do estado de choque. – Vasilisa Prekrasnaya.

O soldado deu alguns passos para trás, surpreso. Aquele sobrenome! Tentou a gentileza:

– O que houve aqui? Pode me contar?

– Foi um acidente. Eu juro! – a menina já se movia, ainda que bruscamente.

– Explique isso melhor – abaixou-se, apoiando-se sobre os joelhos pesados de metal. Fitou-a.

– Eu não queria matá-las. Só vim acender a lareira, como havia prometido três anos atrás!

– Quem você matou?

– Minha madrasta e as duas filhas dela. Minhas me... meias-irmãs – quis chorar, não conseguiu. Olhou para o cajado com o crânio, depois voltou a encarar o soldado. – A senhora Narkissa e também a Belka e a Strelka. Eu sinto muito. Sinto, mesmo!

– Tudo bem. Agora se levante! – ordenou. E também se levantou.

Sem hesitar, Lisa obedeceu, mas sentiu um baque ao se pôr de pé. Estava zonza de fome e cansaço. Havia horas que não comia. Apoiou-se sobre uma pilastra e deixou o objeto incandescente cair e rodar até os pés do soldado.

Octavius observou com cautela, depois chutou o crânio negro de leve. As chamas continuavam acesas em seu núcleo. Curioso.

– Foi um acidente – insistiu a menina. Tudo estava quente, mas ela sentia frio naquele momento. Notou-se quase seminua.

– O que isto faz, afinal de contas? – perguntou o soldado, ignorando o comentário da menina, enquanto levantava o cajado com a mão. Era leve.

– Ele ilumina meu caminho. Sempre.

– Hum, interessante – não sentia o calor daquele fogo sem fim.

– O que vai acontecer comigo? – ela só queria proteção, aconchego e um lugar para se abrigar.

– Você é uma bruxa, feiticeira do mal.

Os títulos foram para ela como um soco no estômago.

– Está vendo esta coisa? – ele brincava com o cajado, balançando-o. – É uma espécie de varinha mágica, feita para praticar magias ruins!

Seria ridículo se não fosse óbvio, ela pensou por um instante.

Lisa era uma garota baixa, mas Octavius não era um homem muito alto. Ela ultrapassava a cintura dele em poucos centímetros e era bonita, como todas as moças do campo. Bochechas levemente rosadas e corpo esguio, desabrochando para a puberdade. Uma tentação aos olhos cheios de malícia do soldado.

– Vou levá-la para a prisão. Ficará num calabouço até o julgamento de nosso rei. Depois certamente será levada à forca ou então será queimada viva. Você pode escolher.

A menina arregalou aqueles olhos verdes vívidos e soltou um soluço estranho. Levou as mãos à boca e conseguiu chorar. Muito.

– Mas eu também posso dar a você outra opção – caminhou em direção a ela. Um punho segurava o cajado, e o outro se apoiava na bainha de sua espada. – Darei de comer e beber a você. Poderá morar na casa de minha esposa, tomar banho e dormir no porão. Seja minha amante.

A repulsa foi tão grande que Lisa tropeçou em sua mochila e caiu sentada de volta no canto onde havia passado horas. Seus calcanhares sujos se arrastavam nas cinzas, impulsionando-a para trás, até a parede impor um limite.

Octavius, em pé, sorriu para ela. Estava tentado e excitado. Olhava para a menina como se fosse uma escrava. Seria toda sua.

– Devolva-me isso! – ela pediu, em prantos, apavorada.

– Isto? – ele levou ao alto o objeto incandescente. – Afinal, o que diabos é isto?

– A Estrela das Bruxas.

Seguinte ao proclame de Lisa, as chamas saíram das órbitas do crânio de forma agressiva, consumindo todo o corpo do soldado Forsite em segundos. Nem mesmo a cota de malha, as placas de metal e sua espada resistiram ao fogo. Octavius se tornou cinzas. Todo o resto também.

Lisa correu e correu, deixando o bairro dos Colibris para trás. Esperava nunca mais retornar para aquele lugar. Chorava em desespero, carregando apenas sua mochila nas costas e o cajado na mão. Seu corpo estava dolorido, e sua mente, perturbada. Não sabia mais o que fazer, mas pensou em fugir do Reino de Magog e viver com os ciganos, talvez. Viajaria o mundo, pelo menos.

Mal saiu da região rural e trombou com uma mulher de vestes militares. Depois, notou-se cercada por outros soldados Forsite, fortemente armados. Não havia saída, nem esperança.

– Você é Vasilisa Prekrasnaya, portadora de uma arma mágica letal – a voz era firme e impiedosa. – Esse é um presente de bruxa, ser amaldiçoado em nossas terras. Você assassinou três nefilins inocentes e pagará com a morte! Meu nome é Freya e eu serei sua executora.

A menina, lógico, desmaiou em seguida.

3º CAPÍTULO

A coroa quebrada

Niflheim, Palácio Invernal,
Þórsdagr, 03h30

Todos os dias, nesta exata hora da madrugada, um velho caminhava pelos corredores do palácio, arrastando seu longo manto azul. Ele tateava na escuridão, sem nenhuma vela ou candelabro, mas já conhecia o caminho. Fazia parte de sua rotina.

Tinha um apreço exótico pelo frio, capaz de matar outros seres que não os nibelungos. Sua raça era capaz de resistir ao inverno eterno daquelas terras e jamais adoecer. Com pequena dificuldade, ele chegou até a sacada de uma das torres altas, onde a vista mostrava um horizonte branco e montanhoso. Lá, sentou-se sobre a mureta e respirou fundo o ar gélido. Delicioso.

Depois, conversou com os corvos. Eles sempre chegavam naquela hora para papos filosóficos, que muitas vezes se desviavam para debates sobre guerras, xadrez ou esportes violentos praticados por seus iguais.

Porém, naquela madrugada, a morte que não morria chegou às portas do palácio. A criatura vinha montada num corcel negro de olhos vermelhos, bufando fúria, e não canseira. Tinha a forma de um homem alto e forte, mas esse era um segredo encoberto por um longo capuz branco, como uma sombra alva que se arrastava por toda aquela neve.

Com um salto, abandonou seu animal e alcançou as paredes de cristal do Invernal, escalando-o rápida e agilmente com seus punhos cheios de ganchos de aço, até chegar ao velho na sacada.

– És Höder? – indagou o visitante inesperado.

– Sim – revelou sem medo, descendo da mureta e assumindo uma postura firme. – Quem és?

– O Ceifador.

Os corvos guincharam, e seu som ecoou por todo o reino. Um fugiu.

– Então, ajoelha-te perante a mim, insolente!

– Não hoje – e a criatura desembainhou sua espada longa e incolor, que refletia a figura da vítima.

– A morte é uma honra. Pelo menos não sou desprovido disso – bufou e sorriu, discreto.

O velho levou os braços para trás e aguardou. Estava sereno.

A lâmina desceu veloz e o decapitou, jogando seu sangue e sua cabeça no meio da imensidão branca, abaixo.

O Ceifador abandonou o corpo na sacada e desceu até seu cavalo. Recolheu o crânio e o jogou dentro de um saco. Montou e partiu daquele reino. Os corvos piaram lamúrias, depois saíram em revoada, espalhando a triste notícia para o mundo.

A neve era sangue. O velho era cego. E Höder era um rei.

4º CAPÍTULO

Sangue puro

Reino de Magog, Paço Sagrado,
Þórsdagr, 12h00

O Sol estava no centro do céu, no auge de sua luminosidade, que poderia cegar um não nefilin, liberando todo o seu calor infernal para o Reino de Magog. A população nunca se incomodava.

Havia ali uma única catedral, vigiada por silenciosas gárgulas, postadas sobre sinuosas torres. Diziam os transeuntes que em algumas noites as estátuas ganhavam vida e sobrevoavam a cidade, vez ou outra traziam um cordeiro ou um bebê nefilin. Adornada de ouro e prata, a construção cinza recebia faxina diária. Sempre limpa, sempre *pura*.

Apenas três sacerdotes tinham autorização do rei para celebrar pregações na catedral, duas vezes por semana. Era uma forma organizacional adotada pela realeza para evitar que muitos se responsabilizassem por aquele patrimônio. Afinal, em seu interior, no alto de uma bancada e dentro de uma pequena redoma de vidro, havia o Megingjord, um objeto de cobre redondo do tamanho de um punho, com quatro parafusos circundando um núcleo oval com uma pedra vermelha acoplada. Sustentado por uma corrente de grossos elos de ferro, que serviriam muito bem como um colar, esse era o amuleto do rei, que, aliás, preferia ser chamado de Mestre.

Apesar de exercer a função máxima na realeza de Magog, Yeshu considerava-se uma pessoa especial e superior a todos os demais. Ele estava no poder havia três anos, desde que o antigo Rei Februss desaparecera, deixando o trono a mercê de qualquer um. Foi quando o homem-santo chegou.

Yeshu não era um nefilin, nem ao menos pertencia à Terra Oca ou às demais terras. Dizia ele ter vindo de outro mundo, outra dimensão, onde a realidade e a existência estavam próximas da perfeição – um evento ocorrido após sua passagem pelo local. Ele pregava uma crença própria e era capaz de realizar milagres que nenhum outro neste mundo seria capaz. Não era magia, nem mesmo uso inadequado da tecnologia, decerto sobrenatural.

O Rei Februss estivera no poder do Reino de Magog por longos vinte anos, e antes dele seu pai, seu avô e seu bisavô. Governar estava em seu sangue, e ele o fez com punhos de aço, extorquindo altos impostos da população e empilhando corpos em guerras sem propósito; afinal, as espadas banhadas de sangue lhe enchiam os cofres reais. Nunca fora cruel, mas era impiedoso com quem julgava injusto. Não gostava de praticantes de magia por ter perdido o olho para uma bruxa e foi o responsável pela onda de ódio que se espalhou por décadas naquela região. Só que, numa frjádagr 13 do ano 2 do Sol-Negro, um de seus servos descobriu seu enorme dormitório vazio. Vasculharam toda a cidade, mas jamais o encontraram. O Rei Februss havia desaparecido.

No dia seguinte, um estrangeiro aportou no reino, vestindo apenas um manto branco e amarelo, limpo e sem proteção, pés descalços e semblante tranquilo. Tinha os olhos escuros e os cabelos negros soltos ao vento, na altura dos ombros. Utilizava um cavanhaque pomposo, seu nariz era aquilino e o rosto albino muito magro, assim como o restante do corpo. Yeshu se mantém assim até os dias atuais. Ele assumiu o reinado logo após assassinar sozinho uma horda de ladrões que pretendiam invadir o castelo, decepando-os. Depois, prestou milagres para a população carente, transformando água em hidromel, metal em ouro e trazendo os mortos de volta à vida. Fora até chamado de Alquimista.

Dizia ter revivido no terceiro dia após seu falecimento no outro mundo e que fora enviado para aquela terra não somente para pregar e levar seu conhecimento interdimensional, mas também para governar aquele povo para que pudessem alcançar a graça divinal. E ele assim o faria.

O Reino de Magog o coroou como seu novo Rei dois dias após o desaparecimento de Februss, e a política local foi alterada em alguns aspectos. Primeiramente, Yeshu pediu que derrubassem o antigo castelo real e em seu lugar construíssem uma catedral, onde seria sua morada, o altar o seu trono, e Megingjord sua Coroa. Assim o fizeram.

Depois, pediu que todo o dia de sunnudagr fosse celebrado em sua homenagem, e nesse dia ninguém poderia trabalhar, copular nem ao menos guerrear. Era o dia santo e o dia de trégua. Os nefilins aceitaram.

O Mestre, ou Messias (como os fiéis mais fervorosos o chamavam, principalmente em momentos de desespero), selecionou homens, que pudessem ser dignos de sua confiança, para se tornar sacerdotes de seu povo e assim realizar as duas pregações semanais. Para isso, pediu a cada um dos selecionados na ocasião que matassem suas crianças e levassem suas esposas para uma noite consigo. Apenas três o fizeram.

Choir Elm foi um deles, e não só o fez, como também entregou o dente de ouro com o qual seu primogênito havia nascido em oferenda a Yeshu. O segundo, Bah La Tzar, cumpriu a promessa e ainda ofertou ao Mestre um incenso feito das cinzas de sua menina, mas somente cento e setenta gramas. Rapsag, o último, presenteou o homem-santo com a resina de mirra que usou para envenenar seus gêmeos, que poderia servir muito bem como perfume, já que possuía um aroma muito agradável.

Sua terceira ordem no comando daquele reino foi a caçada às bruxas e aos praticantes de magia, feiticeiros ou magos. Em Magog eles não viveriam e, se escapassem, jamais teriam paz. Se fossem estrangeiros, seriam punidos pelas leis do reino, sem piedade. Yeshu chamava-os de *Impuros*, e a morte cruel que ele lhes impunha fazia-se necessária, para que limpassem suas almas e assim pudessem alcançar a graça pós-vida. O povo consentiu.

O último desejo do viajante do outro mundo foi aceito de imediato assim que ele ascendeu ao trono do Reino de Magog. Sabe-se que, em tempos remotos, criaturas puras e divinais desceram até a Terra Oca para copular com os humanos e assim criar uma raça superior. Eram chamados anjos, e seus filhos com terrestres, nefilins. Meio-homem meio-anjo. Não havia ser mais puro no mundo do que eles. O sangue, a alma e o corpo. Não se misturavam com outras raças e necessitavam do calor excessivo daquela região para manter seus corpos aquecidos; acreditavam que a chama do Sol era a vida, e Yeshu o deus sagrado que os levaria a atingir a perfeição. A exigência do Mestre, pelo menos em uma das duas pregações semanais, era que lhe fosse ofertado o sangue dos pudicos, como crianças e virgens. Se os nefilins eram *puros* por essência, essas duas categorias eram a casta-mor em sua predileção.

Yeshu precisava de sangue casto para sobreviver. Era seu único alimento.

Naquele dia, com o Sol ao centro do firmamento, o Messias foi até o palco montado sobre o grande paço em frente à catedral, segurando seu manto para que não arrastasse no solo. Andava a passos leves, com semblante pacífico e sorriso sereno, sem guardas da realeza para sua proteção. Não precisava deles perante seus fiéis. Ele estendeu uma palma para o alto, suave.

A população o ovacionou fervorosamente e bradou seu nome com fé e amor; podia-se ouvir até mesmo nas regiões vizinhas.

– Meu povo, meus amados fiéis – abriu os braços.

Uma criança correu em sua direção e abraçou seus joelhos – que foi onde conseguiu alcançar –, ganhou um afago nos cabelos volumosos, sorriu e voltou-se para sua tia. Yeshu ajoelhou-se e manteve os braços estendidos. Pouco a pouco a população se aproximava, com cautela e respeito. Uma senhora, velha como as areias de Magog, beijou sua mão e se retirou, andando para trás, fazendo-lhe uma reverência. Um senhor, visivelmente da burguesia, de bigodes vistosos, retirou sua cartola e cheirou o manto do homem-santo. Do outro lado chegou uma moça, com corpo esbelto e cheio de curvas maravilhosas, dando-lhe um beijo nos lábios. Quando sentiu que o Mestre lhe retribuía o ato usando a língua, quase desmaiou de emoção. Ele cochichou nos ouvidos dela um convite para mais tarde, em seus aposentos no fundo da catedral. A virgem ficou honrada.

Minutos seguintes e uma mãe trazia seu recém-nascido no colo, estendendo-o na direção de Yeshu, com lágrimas de felicidade no rosto.

– Por favor, ó Mestre, abençoe meu filho com seu poder.

– Assim o farei, minha querida.

Abriu a boca, revelando na arcada duas presas pontiagudas nas extremidades superiores, e mordeu levemente o bracinho do bebê. Ao mesmo tempo tocou com o polegar a testa do pequenino, para que ele não chorasse. Metade do sangue dele sugado, tinha sido abençoado. O Mestre estava satisfeito daquele, mas não saciado plenamente.

Outras mães, pais e madrinhas levaram até ele suas crianças e raparigas. Era o Dia do Sangue, em que Yeshu tocava os puros para a benção. Nesse dia, também, seria realizada uma pregação por um dos Sacerdotes, logo após o sacrifício dos praticantes de magia. Era uma celebração.

Lisa estava nua em frente a um grande espelho. Tinha acabado de se banhar, e seus ferimentos de queimaduras tinham sido curados pelas Irmãs da Cruz Santa, uma instituição sem fins lucrativos que buscava praticar os ritos de Yeshu, ensinando os mais novinhos e levando sua palavra para outros reinos.

A menina se observava, satisfeita, enquanto terminava de torcer seus longos cabelos castanho-amadeirados, que chegavam até a cintura. Não tivera tempo de cortá-los nos anos que passou na casa da bruxa; mas naquele momento, vendo-os tão belos e únicos, nem mais pretendia. Enxugou-se logo e cobriu-se com o vestido verde e branco com adornos em vermelho que tinham lhe dado; um capuz pendia de sua nuca. Afinal, nenhum sacrifício poderia se apresentar aos trapos para o Mestre.

Uma ave de quase trinta centímetros farfalhou ao longe. Veio do horizonte quente até pousar na sufocante janela do calabouço, ao lado de grossas grades de aço. De plumagem perolada, tinha a cabeça e a crista amarela, bochechas alaranjadas, olhos vermelhos e um bico de marfim.

Piscou e moveu sua cacholinha para um lado e para o outro. Piou.

Quando conseguiu a atenção da futura condenada, disse:

– Vim em seu chamado, menina Lisa.

– Oh – virou-se para o alto, na janelinha. – Obrigada, Arlequim!

– Arlequim, a calopsita, ao seu dispor, ama – levantou uma das patinhas claras, como em reverência. Depois voltou a piar. Ecoou.

– Cuidado! Eles podem ouvi-la.

– Sou inofensiva. Ou assim eles acreditam.

– Tudo bem. Tome – Lisa retirou de sua mochila um pente de madeira de meio-círculo, com vinte dentes finos – com alguns de seus fios castanhos ainda presos nas pontas – e entregou para o pássaro, que pegou com as garrinhas.

– Qual o destino, ama?

– O mais longe possível.

– Quão longe?

– O quanto suas asas aguentarem. Mas não o perca, este foi um presente especial. Talvez eu precise dele no futuro.

– Estará bem guardado. Isso lhe garanto, menina Lisa.

– Obrigada, Arlequim.

– O que fará agora? Morrer?

– Tenho um plano. E isso não inclui minha morte.

5º CAPÍTULO

Rumores

Rio Lethe, 14h00

– Isso não vai prestar! – rosnou Larval, molhado dos pés a cabeça.

A previsão já indicava a tormenta – concluiu Bog.

– Tanto faz – resmungou, enquanto retirava seu remo de ponta serrilhada do fundo do rio de águas escuras. – O Lethe nunca é favorável para minhas viagens. Consegue ser inconveniente sempre!

O fantasma ia dizer mais alguma coisa, mas Larval estava aborrecido demais para ouvir e saltou de sua gôndola danificada direto para uma das colossais raízes de Yggdrasil, apoiando-se num dos cascos até conseguir se apoiar sobre ela, equilibrando-se com o instrumento em mãos.

Uma por uma, foi soltando as pequenas cintas que prendiam suas botas aos seus pés e despejou a água que estava dentro de volta ao rio.

Das costas, retirou um grande receptáculo cilíndrico que possuía duas alças para se pendurarem em seus ombros. Era feito de vidro resistente e escuro. Em cada ponta, tampas de metal parafusadas. Numa delas havia uma fenda dentada que dava acesso ao interior do tubo; e na fenda um encaixe perfeito para a ponta do remo de Larval.

Em sua rotina, era o que Larval fazia. Colocava o remo no cilindro, rodava-o como uma chave, encaixava de novo e depois retirava o remo com o conteúdo: uma forma viscosa verde-musgo, com membranas irregulares e pulsantes. Era esse o aspecto das almas que coletava diariamente.

Yggdrasil, a árvore-mãe, era o sustento de todo aquele mundo. Era a Vida, a Existência. O Todo. Para manter-se em ordem e em sintonia com a natureza, necessitava de um número exato de almas recolocadas em seu núcleo – o tronco; e de almas em específico. Não podia ser qualquer uma, mas a que fora pedida. Para isso, um sistema de sua própria natureza enviava nanopartículas que informavam o sistema de Andvarinaut sobre o espírito de que necessitava no momento. Num efeito eterno, Yggdrasil liberava a fruta da vida para que ocorresse o Nascimento. E assim que a Morte buscasse a alma, ela deveria retornar à sua origem, a Fonte: a árvore-mãe. E depois renascer, fosse como humano, fosse como animal, fosse como vegetal. Era o Ciclo.

– Elric M – disse Bog, com os dados corretos do espectrorama, informando sobre as almas daquele dia.

– Confere.

Larval confirmou, verificando a substância viscosa na ponta do remo, que cintilava em verde-claro no exato momento em que seu título-essência era proferido. Apenas o primeiro nome bastava, já que era raro na Terra Oca seres com nomes iguais, mas o fantasma gostava de abreviar o sobrenome no final para se assegurar e assim evitar qualquer engano. Não podiam ocorrer erros. Nada de almas a mais ou a menos, ou então um colapso no mundo começaria, em menor ou maior escala. Ninguém gostaria disso, e essa era uma das maiores responsabilidades de um Coletor de Almas.

– Calígula G. U.

– Confere – e enterrou a alma pelo tronco adentro. A fruta voltava ao núcleo, corretamente.

– Maristela R.

– Confere.

Cada vez que Larval devolvia uma alma ao seu local de origem, um som estridente ecoava ao redor da árvore-mãe e ela cintilava em verde-fluorescente, num pulsar de menos de um segundo que desenhava raízes de luz para o alto, confirmando a devolução da essência.

Bog achava essa visão interessante e sonhava com o dia em que voltaria de onde veio. Mas sabia que isso poderia demorar. Cada um tinha seu tempo.

– William B. O.

– Confere – o Coletor de Almas limpou o suor do rosto coberto pela máscara e apoiou o remo no ombro, com a ponta inferior encostada na raiz onde se sustentava. – Mais alguma?

– Por hoje é só. Agora devemos ir.

– Eu sei. A porra do Lethe já nos fez perder tempo demais. Era pra termos chegado mais cedo aqui. O Reino de Golgotha está a horas de distância, mas precisamos atracar lá ainda esta noite.

– E como pretende fazer isso? – o fantasma apontou para a gôndola abaixo de seus pés, que planavam acima do rio. – Ela está quase afundando. Os danos foram graves dessa vez.

– Eu resolvo. Bem, não exatamente *eu*.

Olhou para o alto e procurou pelo esquilo. Não o avistou na primeira vez, mas na quarta. Estava lá, despreocupado com a vida, roendo uma noz maior do que poderia carregar, bem no centro do tronco, inalcançável para qualquer outro.

– Ratatosk!

O esquilo acastanhado sentiu seu pequeno corpo tremer. Ainda era maior do que outros de sua espécie, ele era o Escolhido. Fosse qual fosse o significado disso, Ratatosk achava que era. Preferiu não esperar por mais um berro do apressado abaixo e desceu veloz ao encontro dele, ainda preso ao tronco.

– Droga, Larval. Está atrapalhando meu almoço!

– É o seguinte: eu preciso que ela conserte minha gôndola e aproveite para reforçar suas bases. O rio não está ajudando, e tenho horas de viagem pela frente.

– 'Tá bom. Mas acontece que ela não quer falar com você. Nem ao menos ver sua fuça!

– Foda-se! – o Coletor deu uma cusparada e franziu o cenho. – É a função dela, e ela *tem* de exercer. Eu preciso de ajuda e tenho urgência; senão nem a chamaria.

– Ma...

Antes que o esquilo pudesse continuar, uma voz feminina e mal-humorada disse:

– Não perca seu tempo com esse estúpido, Ratatosk. Sou mecânica dos Coletores de Almas há décadas, e não é um problema pessoal com Larval que me impedirá de fazer o que preciso.

– Isso aí. Falou bonito, moça.

Bog o repreendeu com o olhar, para que parasse com a provocação.

A moça era pequena, mas tão pequena que chegava a ser menor que um anão. Alguns diziam que ela era mesmo anã, mas a maioria acreditava que não. Decerto ninguém sabia.

Eitri Opala era uma mulher de cabelos longos e vermelhos como o fogo, de seios volumosos e pernas roliças, num corpo compacto e pequeno como um botijão a vapor. Vestia-se como homem, com camisa, colete e botas escuras, sempre sujas de graxa; mas fazia questão de deixar as coxas à mostra – eles adoravam. Nos braços fortes trazia uma caixa de ferramentas, muitas delas desconhecidas até mesmo por outros mecânicos.

Sem demora, Eitri prendeu um gancho na proa. Ele estava ligado a uma extensa corrente que findava em espiral num suporte a manivela, que ela girou sem esforço até trazer a gôndola para a superfície arenosa de uma raiz mais baixa de Yggdrasil. Começou a repará-la, sob os olhares curiosos de Bog.

– E então, quais as novidades? – perguntou Larval para Ratatosk.

O esquilo terminou de roer seu almoço e revelou:

– Os corvos estão tristes. Andam crocitando por aí que seu rei morreu. Foi assassinado.

– Caramba! – o Coletor pareceu surpreso num primeiro momento, mas logo se percebeu que não. – Aí, Bog. Logo teremos uma alma real para coletar!

O fantasma achou de muito mal gosto o que seu amigo lhe dissera, por isso voltou sua atenção para a chave de fenda e as placas de titânio que Eitri realocava no barco.

– Hugin e Munin, os corvos, também disseram que Höder, o Rei Invernal, foi decapitado por uma criatura de nome Ceifador – Larval guardou aquele nome com atenção. – O assassino levou a cabeça embora. Quem é que entende, né?

– Há loucos para tudo neste mundo, Ratatosk – fincou o remo na raiz e o deixou lá, suspenso, para estalar os braços e as costelas.

– Gae Bulg? – o esquilo estava maravilhado. Referia-se ao remo.

– Sim.

– Soube que o Gae Bulg não serve somente como remo, mas também como arma de combate se necessário. Veja essa ponta serrilhada, que demais! – deu pulinhos de alegria.

– Eu vejo, sim. Todos os dias, aliás – fez um bico e apertou os olhos na direção do animal. – Mas tira o olho daqui, coisa feia! – retirou o instrumento-arma da raiz e aproximou-se de sua gôndola, tomando cuidado para não chegar muito perto de Eitri.

– Como pude não notar Gae Bulg antes, minha nossa?!

– É porque você está sempre comendo. Não se atenta a todo o resto – sussurrou a mulher, que continuava ignorando o barqueiro, enquanto se sujava com mais graxa. Parecia gostar, o fantasma notou.

– Ei, Larval! – disse o esquilo feliz.

– Fala...

– Também soube por aí que há almas sumindo em toda a Terra Oca. Assim: *puf*! – fez um barulho com o focinho e meneou as patas num gesto estranho. – Do nada.

– Ah, droga! – grunhiu o Coletor.

Bog suspirou.

6º CAPÍTULO

A forca

Reino de Magog, 15h30

Freya Uller era uma mulher de expressões sérias e olhar impiedoso. Beirava os trinta anos, mas ainda era solteira e tinha os próprios motivos para isso. De cabelos loiros e curtos até a nuca, mantinha uma postura militar e usava um colante preto cobrindo todo o corpo bem modelado, que pouco contrastava com sua pele bronzeada. Usava uma ombreira de ouro no lado direito e dois cintos grossos de couro dourado, como suspensórios, que terminavam noutro cinto, com um coldre em cada lado, as pistolas no lugar.

Ela era a nefilin mais importante da Guarda Real, superior em seu cargo como capitã, sendo o braço-direito de Yeshu na imposição da Ordem e da Lei de sua terra. Exercia a função há dez anos com muita competência. Jamais questionava as ordens de seus líderes e cumpria suas tarefas com precisão, sempre trabalhando com um número pequeno de soldados Forsite para auxiliá-la. Preferencialmente, utilizava armas de fogo, que aprendera a manejar quando pequena, em costumes de família. Famosa por seu tiro certeiro, era a responsável pela morte da maioria dos praticantes de magia. Eles sempre fugiam assim que a avistavam, mas geralmente não iam muito longe.

Freya era a executora. Ao longo dos anos na função, tomou para si o exercício de preparar os sacrifícios antes do ritual, quando seriam julgados e depois mortos por suas próprias mãos, aos olhos de seu Mestre e de toda a população do Reino de Magog, que a respeitava, mas, acima de tudo, a temia.

Toda a estrutura para o estrangulamento dos praticantes de magia estava preparada no Paço Sagrado, em frente à catedral. A militar estava no calabouço da igreja. Bateu com uma das pistolas na porta de ferro, três vezes. O barulho ecoou pelos corredores escuros e úmidos daquele subterrâneo. A vozinha veio temerosa lá de dentro:

– Pois não?

– Está pronta, bruxa?

– Oh... Sim – o tom era triste.

Mesmo vindo de uma criança, isso não alterava os sentimentos de Freya Uller. Era praticante de magia, deveria morrer. Ponto.

Ela destrancou a pesada fechadura e abriu para que Lisa saísse. A menina apresentava-se toda arrumada, bem-vestida e perfumada, seus longos cabelos estavam presos numa trança bem feita, que caía por cima de seu ombro esquerdo até a cintura, com as pontas dos fios saindo por um lacinho verde amarrado na ponta. A pele rosada não combinava com a dos demais nefilins, bronzeadas pela natureza de seu Sol agressivo; mas ela havia morado por três anos numa casa escura.

Freya a fitou. Tinha ódio no olhar. Lisa, pavor.

– Agora, escute aqui – colocou a pistola na testa da menina e a engatilhou. – Esta é uma Colt 45, e isto é sua cabeça. Gostaria de explodi-la nesse momento, em cheio, mas você deve ser julgada perante o povo que lhe acolheu e do qual você assassinou três. Depois, será levada à forca, sem capuz, onde farei questão em vê-la morrer com os olhos saltados para fora!

A menina engoliu em seco. Transpirava.

A militar desceu a arma lentamente pelo rosto de Lisa, até parar nos lábios.

– Em seguida, aproveitando que é uma virgem, você será levada pelo Mestre, que sugará todo seu sangue, cada gota, até secar. Não terá mais utilidade alguma para esse corpo morto mesmo.

Colocou a pistola no meio da boca da prisioneira e quase a fez engasgar com a saliva. A agressividade chegava ao ápice.

– Se tentar qualquer gracinha para escapar, uma única bala minha encontrará o meio de seus olhos em segundos. Entendeu bem, mocinha?

Lisa só conseguiu concordar com os olhos, que tremiam num sim frenético. Chorou e tomou cuidado para manter o silêncio. Freya e a ré atravessaram pelo corredor até o outro lado; um alçapão fora aberto, dando acesso à catedral, de lá para o Paço Sagrado. A população aguardava a última praticante de magia do dia. Todos os demais, uma velha cigana, um rapaz magricela e um homem corpulento, já estavam com as cordas ajustadas em seus pescoços. Os nefilins gritavam de excitação, queriam vê-los enforcados pelos pecados cometidos. Numa poltrona improvisada bem em frente aos sacrifícios, estava Yeshu, entediado, com um punho no queixo, para mais um Dia de Sangue.

A militar colocou o laço da corda ao redor do delicado pescoço de Lisa e certificou-se de que tudo estava bem preso e ajustado, como deveria. Estava. A menina tremia, os pés dentro da sapatilha vermelha sobre a grande tora que logo mais não estaria ali. Outra vítima, a velha, gargalhava, como se risse da cara da Morte. O homem orava para seus deuses, soluçando, e o rapaz há muito havia desmaiado de pavor. Nunca antes em sua vida Lisa tinha sentido tanto medo, nem quando viu a bruxa pela primeira vez.

Era tarde demais.

A população fez seu julgamento, e foi rápida: "Culpados". "Morte". "Justiça". O Mestre fez um leve aceno com os dedos, e a militar chutou de uma vez o grande tronco que servia de sustento para os sacrifícios. Um a um, os condenados foram morrendo pela asfixia causada pelo laço, de forma lenta e dolorosa. A menina foi à última. Freya olhou para seus olhos saltados, como prometido. O cadafalso era um mosaico de mortos.

O povo aplaudiu, e Freya foi mais uma vez cumprimentada pelo Mestre.

Em seguida, Rapsag, que além de sacerdote também era médico, conferiu o pulso dos quatro.

– Mortos.

– Ótimo. Agora mande enterrar esses três numa cova qualquer e leve essa garota para meus aposentos. Vou beber sua pureza.

– Credo! – murmurou a menina, escondida nas sombras da multidão.

– Eu não gostaria de estar em seu lugar – zumbiu uma voz diminuta.

– Nem eu – disse Lisa.

7º CAPÍTULO

O Ceifador e a Morte

Iblis, 17h27

Iblis era um reino menor na Terra Oca, mas nem por isso deixava de ser um reino. Sombrio, dos trezentos e sessenta e cinco dias de seu ano, permanecia trezentos na escuridão plena. Os iblianos adoravam a Lua e a mãe Treva.

Tiazi governava aquelas terras havia séculos, com o título de O Tirano. Era um gigante, do tamanho de duas torres, e havia conquistado o poder à força. Um bom homem, mesmo com um título de menor nobreza, era o rei da região leste de Nastrand. Como tal, estava morto, sob a eficaz espada do Ceifador, que limpava a lâmina sem vida, dentro do enorme e velho castelo de ônix.

– Terá trabalho para ensacar a cabeça do gigante – soprou uma voz fúnebre vinda das sombras. Era um timbre único, e não havia outro igual no mundo. Uma ratazana que ali passava morreu só por sua presença.

– Não me atormentes. Vai-te daqui! – ordenou o assassino, com um frio na espinha, que sentia de forma muito peculiar.

– Só vim conversar, Ceif... – foi interrompida.

– Não pronuncies meu nome!

– Por que está matando todos os reis?

– Porque é preciso. Foi a única forma que encontrei, depois de longos anos, de conseguir o que mais almejo.

– E o que você deseja?

– Tu.

Findou o Ceifador, que terminava de cortar a cabeça de Tiazi em pedaços para que coubesse em seu saco. Abandonou o castelo e o corpo decapitado do gigante sem olhar para trás.

Ainda não era o momento de encarar a Morte.

8º CAPÍTULO

Testemunha da conspiração

Reino de Magog,
Paço Sagrado, 18h00

Lisa teve de esperar por toda a pregação do Sacerdote Choir Elm durante aquela tarde, na celebração da morte dos condenados, até que seu corpo fosse levado para o cômodo de Yeshu, um espaço pequeno nos fundos da catedral, onde ela não tinha mais acesso. Era só aguardar.

– Virgem, seu sangue agora será meu – proferiu o homem-santo.

Não dera tempo de o Mestre terminar suas palavras ou preparar suas presas. O corpo da defunta voltava a seu estado real: uma boneca de madeira com uma roupinha rosa de neném.

– Vindo de uma bruxa, não estou surpreso.

Chamou Freya e lhe relatou o ocorrido. Em menos de meia hora a militar já tinha organizado duas tropas de soldados Forsite para caçar Vasilisa Prekrasnaya. A ordem era matar assim que a vissem.

– Ela não está longe – disse a militar, furiosa por ter sido enganada.

Mal sabia Freya Uller que tinha razão. Lisa, a verdadeira, estava a poucos quilômetros da catedral, assistindo ao enterro dos outros três condenados, escondida no meio de um arbusto com cheiro de fezes de porco.

– Coitados! – ela lamentou, em cochicho. – Olhe só como esses crápulas os enterram. Chutam seus corpos como se fossem vermes para essa cova onde só cabe um deles!

– É sempre assim.

O zumbido saiu de seu ouvido. Era uma mosca-doméstica.

– Ah, Sic. E minha boneca, hein? – a menina queria chorar, depois de tudo a que tinha assistido naquela tarde. Conteve-se. – Eu a ganhei de minha mãe, quando ainda era criança. Quero de volta...

– Acalme-se, ama. Você a terá – voou para o outro lado da moita. O fedor de esterco muito lhe agradava. – É só esperar o tempo certo. Uma boneca daquelas é uma dádiva mais do que especial. Ela só serve a você e a mais ninguém.

– 'Tá bom. Mas agora preciso sair daqui – ela estava vestida e arrumada exatamente como seu clone-encantado. Não queria impregnar-se com aquele cheiro ou se sujar. A vaidade era muita, acabou gostando da roupa.

– Siga-me. Você ainda tem duas coisas para fazer antes de fugir do Reino de Magog.

Num salto sutil, Lisa saiu do meio do arbusto, tomando os devidos cuidados para não pisar no chiqueiro nem chamar a atenção dos coveiros. Sic voou até a outra margem de um pequeno riacho que cortava aquele cemitério ao meio e pousou sobre uma pedra. Ela parou ao seu lado, curiosa.

– É aqui. Ele está chegando.

– *Ele* quem?

– Vamos logo com isso, pegue seu lenço na mochila. A correnteza não pode esperar por seus caprichos.

– 'Tá bom. 'Tá bom! Espera.

Ela retirou um pequeno lenço azul com linhas brancas nas bordas e esperou.

– Aí vem ele!

Descendo rapidamente pelo córrego, vinha um peixe comprido, meio branco, meio vermelho.

– Pegue-o assim que ele passar por você – instruiu a mosca.

Lisa o fez e capturou o salmão de forma desajeitada. Escorregadio, ele caiu sobre a grama, desesperado pela falta de oxigênio.

– Samuel, é você?

– Ó sim, ama. Sou eu – encarou Sic, mas era incapacitado de piscar. – O que posso fazer pela menina Lisa?

– Por favor, quero que guarde esse lenço dentro de você. Coma-o!

Samuel o fez sem pestanejar. Era um salmão grande, por isso não teve muita dificuldade em engolir. Não foi uma experiência agradável.

– Tente sobreviver. Talvez eu precise desse lenço no futuro.

– Tentar? Ó, minha ama, não sei se sobreviverei pelos próximos dez segundos!

– Perdão! Perdão! – a menina o segurou pela cauda, colocando mais da metade de seu corpo pendurado para dentro da água. O salmão voltou a respirar, aliviado.

– Nenhum pescador ou foca vai me devorar enquanto você precisar de meu auxílio, menina Lisa.

– Obrigada, Samuel! – sorriu, mais tranquila. – E agora, para onde vai?

– Acasalar. Está na época propícia. Estou atrasado.

Sic e Lisa o liberaram, gratos pela ajuda.

– Agora só falta uma coisa.

A mosca e a menina chegaram até a base da Guarda Real, no centro do Reino de Magog, no alto de uma colina, onde todos os Forsite se preparavam para sair em sua caçada, ajustando a montaria dos cavalos e amolando suas espadas. Freya estava emburrada, sentada num dos cantos, aguardando seus homens. Ela olhava para suas Colt 45 com fúria. Uma menina tinha escapado-lhe entre os dedos, usando um encanto barato. Uma *menina*!

Lisa, naquele momento, ficou com muita vontade de rir. Mais uma vez conteve-se.

– Olhe! Está vendo aquele cômodo sem porta? É onde está sua lanterna.

– Como sabe?

– Eu rondei toda a cidade enquanto você tomava seu banho naquela prisão. Sei o suficiente.

Novamente a dupla teve de ser paciente. O Sol se pôs.

Passaram-se alguns minutos, e o movimento das tropas ainda não tinha cessado. Ela só conseguiria recuperar a Estrela das Bruxas quando todos tivessem saído da base para caçá-la pelo reino.

Enquanto resmungava pela demora, deparou-se com um movimento não muito longe dali. Um menino, mais ou menos da sua idade, corria colina abaixo usando roupas pretas e ataduras nos pulsos. Lisa o seguiu com os olhos, até ver que ele estava se juntando a outros garotos e garotas, numa clareira, onde ela sabia que dificilmente a população tinha acesso. Eram mais de cem.

– Mas que diabo é aquilo...?

Minutos depois e o Mestre chegava ao encontro deles. Os seus discípulos. O homem-santo, numa aparição inédita, não usava mais seus mantos brancos e amarelos – naquele momento, vestia uma bata longa e negra, o que ressaltava ainda mais sua pele lívida. Ele estava com os braços erguidos e tinha no rosto um sorriso sinistro, diferente da expressão agradável que a menina vira durante os sacrifícios no começo da tarde. No pescoço carregava o amuleto Megingjord, a pedra vermelha bruxuleava.

As crianças se enfileiraram, formando um retângulo negro gigantesco, onde postavam a palma esquerda sobre o ombro do seguinte, numa simetria bem treinada.

– Nós o saudamos, Lorde Polidori!

Yeshu chegou planando alguns centímetros no ar.

Lisa estava postada na grama como um quadrúpede, assistindo a tudo, estupefata.

– Não é possível... Não! – foi quando ela pode perceber melhor a pele de todos, pálidos como o Mestre.

– Ah, é sim. O Messias aí transformou aquelas crianças em sugadores de sangue. – disse Sic.

– Ele está montando um exército de vampiros! Mas... Por quê?

Ela se perguntava, com muita lógica. Afinal, Yeshu possuía uma Guarda Real, plenamente fiel e eficaz, como a própria Freya provava. A menina continuou perdida em seus pensamentos e chegou a cogitar que ele talvez quisesse proliferar sua raça no reino, talvez no mundo. Crianças e virgens.

– Isso faz muito sentido agora...

– Você pode ficar se questionando por toda a noite ou pode tentar recuperar sua lanterna, ama. Os soldados já se foram.

Lisa voltou a si, recobrou o fôlego, fechou os punhos e tentou não pensar naquilo naquele instante. Entrou na base militar e deparou-se com espadas reais, escudos, estandartes com o símbolo do Reino Unificado e pequenas armas brancas perdidas entre armaduras, placas metálicas e cotas de malha. No meio de tudo estava o cajado com o crânio acoplado.

Com cuidado, enfiando o braço naquele emaranhado de armas, ela o alcançou. Não pôde evitar que um pouco de poeira caísse sobre seu vestido – mas esse era o menor de seus problemas.

Sic começou a emitir um zunido forte que quase destruiu seus tímpanos. Lisa sabia: aquilo era um aviso de alerta. Virou-se e deparou com uma menina branca como um defunto, olhos amarelos com olheiras profundas, a boca vermelha de sangue fresco e aquelas pequenas presas despontando, famintas.

– Sabe, nossos pais acham que estamos doentes, pois perdemos nosso bronzeado – ela dizia, com um sorriso malicioso. Movia seus cabelos negros, que iam até o meio das costas, de um lado para o outro, agitada. – Então, todos os dias eles oram para nosso deus Yeshu e duas vezes por semana nos levam em oferenda para ele, com a esperança de sermos curados por sua benção. E até que eles não estão errados.

– Vampira? – murmurou Lisa, com coragem. Seu braço ainda estava no meio das armas, só a cabeça virada na direção da inimiga.

– Quase. Ainda faltam *coisas* para chegarmos nisso – ela caminhava de um lado ao outro, sem querer chegar até a menina. Uma roupa de couro preto cobria-lhe todo o corpo, preso com cintas em vários membros. – Falta mais sangue.

– Não se aproxime.

– Eu me lembro de você. Lisa, né? Estudamos juntas no Colégio Hermetério, antes de você ir morar com a bruxa.

– Vocês julgam as bruxas como malignas, mas são mortos-vivos, dependentes de sangue alheio – cuspiu próximo aos pés dela. – Você, uma prostituta de Yeshu. Permite que ele a sugue todas as noites!

– Sim, com honra. Isso é devoção! – sorriu e lambeu os lábios com excitação.

– Não. Isso é loucura!

– Ele me mantém pura, sou a predileta do Lorde Polidori. – Começou a passear com a mão pelo rosto, numa óbvia indicação de que estava perdendo o controle. – Meu sangue lhe dá poder e, em troca, ele me torna sua semelhante. Sem preconceitos. – aproximou-se, desejando a jugular da outra.

– Droga! – grunhiu Lisa, sentindo-se presa com a mão no meio de tanto metal. – Preciso sair daqui...

– Não vai escapar. Lá fora, Freya está caçando você. E aqui, eu.

– Quem é você?

– Miliz – sua língua revelou-se bifurcada, e ela se inclinou em posição de ataque. – Fui uma das primeiras, e dentre as crianças sou a mais poderosa!

– Agora me lembro de você. Miliz Lillin, a filhinha de mamãe da escola... – Lisa tentava ganhar tempo, seu coração pulsava forte.

– As coisas mudaram, Lisa. Mas não se preocupe, não vou entregá-la para os Forsite. Vou transformá-la em uma de nós!

– E se eu me recusar? – finalmente empunhou o cajado com firmeza.

– Vai morrer! – soltou um ruído selvagem. – Desta vez, será pra valer!

– Acho que não!

Lisa arrancou dali a Estrela das Bruxas, derrubando espadas, escudos e capacetes, criando um forte tilintar. O crânio fitou Miliz, e suas órbitas voltaram a brilhar, agora que estava em poder de sua dona.

A vampira deu um longo salto para trás, encostando-se contra a parede, do outro lado da base. Estava apavorada.

– Ahhh! O que vai fazer?

– Aproxime-se de mim, e eu boto fogo em você, maldita!

– Você... não teria coragem!

A menina hesitou. A mosca já voava para fora daquele lugar, diretamente para um atalho dentro da floresta fechada, na fronteira de Magog, pedindo para ser seguida.

– Tem razão. Não sou como você – não baixou a guarda e manteve o artefato na direção de Miliz até chegar à saída. – Acho que não há nada pior do que viver *assim*. Credo!

Lisa fez uma careta e depois saiu correndo atrás de Sic, esquecendo-se da boneca e se embrenhando pela mata, até sumir.

A vampira respirou aliviada, mas jurou vingança em seu coração. Voltou para a clareira e revelou o ocorrido para seu Mestre.

– Agrupem-se para a primeira missão! Essa menina deve morrer logo. Não por praticar magia, mas pelo que acabou de ver.

9º CAPÍTULO

Sorte real

Reino de Golgotha, 21h33

– Atrasados, como sempre.

– Desculpe aí, senhor cardeal – respondeu Larval, cabisbaixo.

O velho era atarracado, de nariz achatado, olhos pequenos e cansados, com cabelos que se confundiam com a cor da pele branca e desgastada. Usava um manto branco com filetes dourados, que se arrastavam pelo pátio real sem se sujar. Numa mão, um cajado dourado, noutra, uma taça de hidromel. Não sorria e parecia estar sempre aborrecido. Bog não gostava dele.

Sistino Algardi era o cardeal de Golgotha, o reino que parava para orar para as nornas diariamente, à meia noite. Diziam os boatos que esse costume fora imposto por seu bisavô, também sacerdote. Todos os Algardi eram ou foram.

Muito velho e lento, Sistino conduziu a dupla até o alpendre do castelo do Rei Balor. Mesmo próximo de onde estavam, demoraram a chegar naquele ritmo. O povo respeitava o Coletor de Almas como se fosse alguém da realeza e jogava faíscas de Fogo de Raposa sobre ele enquanto passava, celebrando-o. Larval resmungava.

– Você não consegue parar de reclamar nem quando celebram sua chegada? – murmurou Bog.

– Essas faíscas me dão cócegas. Não sou ninguém, isso não é necessário.

– Você é humilde, isso sim.

– Não. Eu sou um porre.

– Concordo.

O Reino de Golgotha ficava no meio de um grande vale, frondosamente arborizado por uma mata escura, cercado de montanhas que arranhavam nuvens de sangue, como se quisessem alcançar Yggdrasil. O firmamento era vermelho, e a água no local tinha gosto de morte. O povo apreciava. Guerras antigas os proveram de recursos que outros reinos não possuíam: animais para abate e de carga, armamentos personalizados por anões ferreiros, artefatos encantados por bruxos simpatizantes, ouro em abundância conquistado em batalhas vencidas ou doado de bom grado por barões como medalhas de vitória.

Golgotha era um reino de sorte, diziam. Outros acreditavam que a fé no destino, por intermédio das nornas, era o benefício primordial para a evolução daquele povo. E havia um ou outro que acreditava na competência do Rei Balor no desenvolvimento através de meios bélicos. Larval não se importava com nada disso, gostava da sua Nastrand suja e caótica, e estava ali apenas para cumprir uma função, mais uma vez.

– Alteza – ajoelhou em respeito, depois o encarou. – Vim buscar a alma de seu filho.

– Sê bem-vindo, Coletor – respondeu o rei, serenamente, sentado em sua poltrona estofada com couro de alligate.

Depois, acenou para um soldado postado ao lado, que foi buscar algo. Demorou. Os joelhos de Larval começavam a doer, Bog gostaria de rir. O cardeal permanecia distante, irritadiço. O soldado voltou com uma mulher, trazendo na frente do corpo uma caixa de metal que parecia pesar muito. O fantasma percebeu nela uma tristeza profunda e uma vontade de deixar de viver, mas não comentou. Como podia?

A mulher colocou a caixa no chão perante Larval, acariciou-a com sutileza e depois foi para junto do rei. Era a Rainha Llywelyn.

– Ele está aqui, alteza?

– Sim, Coletor. Meu filho, Edda, encontra-se aí – cerrou os olhos e engoliu em seco, conseguindo manter sua postura de poder. A rainha começou um leve pranto, era inevitável. – O pobrezinho morreu criança, mas já esperávamos por isso. Nasceu com problemas, doença rara. Por favor, leve-o em segurança.

– Caixa de chumbo ghoul. Material rico e raro, prende almas sem perigo de vazamento. Seria bom importar algumas dessas, Larval – murmurou Bog; não conseguiu evitar.

Pouco sutil, Larval enfincou a caixa com o Gae Bulg e esperou. A rainha soluçou pelo ato, pasmada. Já acostumado com o jeito do Coletor, o rei não se surpreendeu. Bog deu duas, três voltas ao redor da caixa, preocupado. Percebeu algo estranho, olhou para o amigo, esperando pela resposta óbvia.

– Não tem nada aqui – respondeu Larval para todos. – A alma de seu filho sumiu, alteza.

Mais uma.

10º CAPÍTULO

A descoberta

Reino de Miry, 21h33

Miry era o reino vizinho a Golgotha. As mesmas paisagens, a mesma fauna e a mesma flora, as mesmas crendices. Seus regentes foram criados como irmãos. Mas enquanto Golgotha havia se beneficiado pela guerra, Miry havia perdido muito. Muito.

Enquanto o outro era conhecido por Reino da Sorte, este era o Reino Caído.

E seu rei, Mot, que governava uma região desesperançosa, faminta e falida, estava encurralado. A poucos passos da morte, ele realizava seu último ato. Desespero? Aflição? Os rótulos não importavam para ele. A Rainha Gandine, falecida por uma praga havia dez dias, estava nua e estirada sobre os lençóis reais, sendo amada pelo seu viúvo.

O Ceifador finalmente conseguiu derrubar a grande porta para o quarto real, simultaneamente ao êxtase do Rei Mot. O assassino desembainhou sua espada; seria rápido, previu.

– Eu sei, esta cena é decadente.

O homem se aproximou da janela. O quarto ficava na mais alta torre do palácio, de onde ele podia ver todo o Reino de Miry, principalmente o Poço de Furcas.

– Posso vestir-me antes de morrer?

O Ceifador assentiu e interrompeu seus passos. Mot cobriu-se com um manto verde e lilás, cores características da heráldica de Miry.

– Tu já estás famoso por toda a Terra Oca, Ceifador. Assassinar reis causou esse sucesso – apoiou-se sobre o parapeito da janela, indiferente à presença do outro. – Sabes, o Poço de Furcas está secando há alguns meses. Meu reino, que nunca foi provido de muita sorte, começou a sofrer radicalmente com isso. Pessoas doentes, crianças morrendo no colo. O poço era nossa fonte de vida.

– Então o Reino de Miry não sentirá a falta de seu rei necrófilo, já que tem problemas maiores para se preocupar.

– Tu tens razão, por isso irei facilitar teu trabalho. Por favor, começa pela barriga.

Sem hesitar, o Ceifador perfurou o estômago do Rei Mot, que caiu de imediato, vomitando sangue.

– Agora espera, Ceifador. Quero sentir o gosto de sangue. Sentir o movimento de minhas tripas soltas por dentro. É excitante.

O assassino esperou. Mas seu tempo era curto.

– Quando o Poço de Furcas começou a secar, eu saí em busca de respostas para tentar salvá-lo. Levei dois cientistas comigo. Viajamos por toda a Terra Oca, da Terra Central até a Terra Alta – cuspiu mais um bocado de sangue, enquanto aproveitava cada minuto daquela vertigem. – Havia símbolos em alguns lugares esquecidos, havia anjos dispostos a ajudar, havia muitas pessoas preocupadas. Em meses conseguimos um bom número de informações; não eram concretas, mas suficientes para disparar um alerta no mundo.

Mot levou a mão ao estômago quando começou a perder muito sangue. Levantou e se apoiou na janela, novamente mirando seu querido poço. Sua voz já estava fraca, a visão, turva.

– No último Conselho das Nações tentei avisar a todos, mas não fui ouvido. Ou, quando ouvido, não fui respeitado. Riram do rei decadente, nem me esforcei mais. Desisti e resolvi viver meus últimos minutos de vida com minha rainha, que infelizmente veio a falecer – voltou-se para o Ceifador e ficou sério. – Eu morreria de qualquer maneira, por tuas mãos ou pelo mundo. A Terra Oca vai acabar! Não é alguém, é algo. Uma força da natureza, de outro mundo, está chegando e vai destruir tudo. Meu corpo morto, minha rainha, o Poço de Furcas, tu, tudo, tudo será destruído. Nada mais importa.

– Agora vou matar-te, Rei Mot – disse o Ceifador, indiferente.

– Tu já sabes do Ragnarok, não é? Eu deveria ter imaginado – finalmente olhou para sua esposa morta na cama e sorriu. – Por isso enviei meu chifre dourado para Balor. Os mesmos corvos que me trouxeram a informação sobre teus atos, Ceifador, agora estão levando minha descoberta para tentar salvar o mundo. Talvez haja esperança – e sorriu, satisfeito.

O Ceifador o decapitou, rápido e limpo. A cabeça do Rei Mot rolou para dentro do saco, junto das outras. Seu corpo caiu do alto da grande torre ao solo. As poucas pessoas de Miry que ainda não tinham adoecido pouco se importaram com a cena.

A previsão do assassino estava correta. A descoberta do Rei Mot também.

O Ragnarok estava chegando.

11º CAPÍTULO

Caminhos sem volta

Floresta de Furfur, 21h40

Os pés da menina bruxa doíam e seu corpo reclamava pelas horas de caminhada mata adentro, mas sua energia não cessava sabendo do perigo em seu encalço. E bem armado.

A mosca voava em silêncio, adiante.

– Onde estamos, Sic?

– Floresta de Furfur – zumbiu, preocupada.

– Que nome engraçado.

– Mas o lugar não é.

Enquanto divagava sobre tudo o que vinha lhe acontecendo, Lisa teve uma analepse.

Clarão. Depois escuridão.

Lisa abriu os olhos. Estava naquele quarto escuro e úmido, onde os ratos eram bem-vindos e os morcegos dormiam. Gritos de crianças perdidas ecoavam entre as quatro paredes, e a madeira rangia como se estivesse com dor.

Ela se levantou, pés quentes no piso gelado, um arrepio subindo de leve na pele e resfriando aos poucos as costas e a nuca. Estava vestida com as mesmas roupas de antes, mas suja, sentia algo grudando no corpo, espesso e molhado.

Três passos depois, sentiu-se zonza, cambaleou e caiu perto da janela. Lá fora, o vazio. Brumas? "Não", pensou, "estava no Nada". Retomou as forças com a voz. Ouviu o chamado e o seguiu. Minutos depois e conseguiu atravessar todo o quarto, alcançando a porta, até o corredor. O lugar não parecia grande, mas lhe era estranho; não tanto, um pouco estranho somente. Mais uma vez a voz, mais uma vez cambaleou. Caiu rolando pela escada, quebrando osso por osso. Lembrou-se da dor, dos estalos e do clarão antes da escuridão.

Acordou numa cadeira de balanço, enfaixada com tiras de um material que lembrava papel, mas não era. Tinha uma xícara na mão, e os dedos da outra estavam estilhaçados. O chá, ou fosse que fosse, estava quentinho e parecia bom. Lisa sentiu-se cuidada, percebeu carinho no ar, ficou reconfortada. Apesar de estranho, era bom, como se estivesse em casa.

– Onde estou? – perguntou Lisa, sem medo nem receio.

– Em casa – respondeu a voz na treva.

– A sua, né? A minha é outra, que eu lembre.

– Agora é sua também, minha criança.

A voz se revelou uma senhora de rugas feias e verdes, a pele desgastada pelo tempo. A mulher saiu da sombra lhe mostrando um sorriso amarelo, um bocado sujo, mas simpático. Os olhos, um fechado, outro bem aberto, não apresentavam características marcantes. Já os cabelos, desgrenhados e cinzas, pareciam respirar e mover-se sem a necessidade do vento. O corpo era compacto, e o andar, manco. Pernas de madeira, talvez? Faziam "toc, toc". A bata suja e marrom arrastava pelo piso como uma sombra cansada. A velha era um mosaico de cores e bizarria, Lisa gostou.

– Oi, meu nome é Vasilisa Prekrasnaya. E o da senhora?

– Baba Yaga, sua criada.

– Minha criada?

– Não se lembra mesmo do que aconteceu anteontem, né, pequena?

Lisa não se lembrava. Baba Yaga a fez relembrar:

Era uma vez uma garotinha que perdeu a mãe ao nascer.

Lisa sempre viveu à custa de sua madrasta, Narkissa, e tinha duas meia-irmãs, Belka e Strelka. Seu pai, Yerik, Conselheiro Real do Reino de Magog, era pouco presente na família.

Aos cinco anos, quando já tinha força e equilíbrio para andar e segurar uma vassoura, começou os serviços domésticos, em troca de pão, água e doces no fim de semana. As três também lhe forneciam amor mensal, se Lisa as banhasse e fosse buscar lenha em dias frios. Não era uma vida dura, mas também não havia conforto. Para a garotinha bastava um sorriso, uma demonstração de satisfação e um bocadinho de afeto.

Ao passar dos anos, com as mãos calejadas, coxas grossas e pés esfolados, a menina tinha se tornado a faxineira perfeita para a família Prekrasnaya. Yerik, nas poucas vezes em que viu a filha, a notou em boas condições, comendo do bom e do melhor, usando um belo vestido. Quando ele partia, sempre à meia noite, o mundo ficava um pouco mais obscuro e sujo para a garotinha, que retornava para a vida de trabalho árduo e pouca diversão.

Pertencentes a um ramo da nobreza, os Prekrasnaya costumavam frequentar bailes de máscaras ou comemorações reais a céu aberto. Geralmente, a senhora Narkissa e suas duas filhas legítimas marcavam presença, enquanto Lisa cuidava de suas vestes, maquiagem e banho. Não havia nem ao menos um gato para passar as noites com ela. A solidão era sua companhia.

Em uma dessas festas, Belka bebeu um pouco além da conta e causou vexame ao se enciumar porque o filho de um tzar não lhe dera o mimo ao qual estava acostumada. A ocasião gerou constrangimento, e as três foram convidadas a se retirar do local, o que marcou uma ferida sem cicatriz no ego de Narkissa. Saindo da vergonha e partindo para o surto, a mulher espancou Lisa por quase uma hora, já que Belka não poderia sofrer a punição.

A menina, confusa e achando que o chá derramado era o motivo daquela ação, aceitou o castigo de cinco dias no quarto dos fundos, gelado e sujo, usando a mesma água da torneira para beber e se banhar. Não chorou nem reclamou. Na terceira noite, apenas ouviu uma voz – o chamado. Ao fim do castigo, gripada e quase doente, ela foi atendida por Narkissa, estranhamente carinhosa, que lhe deu comida farta, sucos e abraços. Depois, devido ao intenso frio da semana, pediu que fosse buscar lenha para a fogueira; precisavam se aquecer com urgência. A mulher lhe prometeu também contar histórias, interpretadas performaticamente pelas duas filhas.

Feliz como esteve poucas vezes antes, a menina saiu na neve. Horas depois, não encontrando lenha, ouviu novamente aquela voz, dizendo que ela poderia conseguir um "fogo mágico", que traria luz e calor para sua casa, além de iluminar seu caminho para sempre. Empolgada com a proposta, Lisa seguiu o chamado até o alto de uma colina distante, onde a vida não se mostrava e a treva se assentava como uma pesada e permanente crosta de terra. Só dois elementos chamaram sua atenção no topo da colina: a árvore negra, seca como um defunto em decomposição; e o casebre, ainda mais alto que a árvore, de madeira escura, velha e frágil, com aspecto antigo e telhas borradas de pássaros mortos, uma porta nada convidativa e duas janelas que nada revelavam. O mais curioso era aquilo que fazia vezes de coluna, sustentando o casebre nas alturas: lembrava uma gigante pata. Um pé de galinha.

Um piscar de olhos – mesmo – e Lisa estava dentro do casebre. Como se a condição para adentrar o lugar fosse uma crença em algo maior e uma inocência perante o medo. Diante de Baba Yaga, ela descobriu que ali encontraria o que procurava, o tal "fogo mágico". E então poderia voltar para sua família, como o combinado. E então assistiria a suas meias irmãs em interpretações performáticas durante um conto. E então teria o carinho que sempre almejou de sua madrasta. E então.

A velha lhe deu alguns presentes, diferentes do que ela imaginava receber um dia, mas, para quem nunca tinha ganhado nada na vida, eram mais do que especiais. Depois, Yaga lhe apresentou a alguns animais encantados, que logo se tornaram seus amigos, íntimos e de grande confiança. Uma relação verdadeira começou a ser construída desde o primeiro minuto que se conheceram. Por fim, a menina foi conduzida ao centro do casebre, onde um instrumento comprido planava, coberto por uma flanela. Baba Yaga o retirou, revelando um cajado com um crânio negro ao centro.

A Estrela das Bruxas brilhou.

Escuridão. Depois clarão.

– A senhora... Baba Yaga... É a dona da voz. Do chamado.

– Isso, pequena.

– Agora eu me lembro.

– Você está aqui há dois dias, minha criança. Mas precisa ficar mais.

– Quanto tempo?

– Cinco invernos é o suficiente.

– Acho que minha madrasta vai ficar brava se eu demorar tanto.

– Mas é importante. Você tem muito a aprender antes do fim. E eu tenho muito o que lhe ensinar até lá. Fui designada para isso e darei o meu melhor.

– Eu não sei, senhora. Eu...

– Acalme-se, minha criança. Isso é importante. Depois prometo que você poderá levar luz para sua casa.

– 'Tá. E o que preciso fazer?

– Um pouco, ou muito, vai depender. Vou cuidar de você. E no final, quando os galhos estiverem caindo e a esperança estiver morrendo, a decisão estará contigo. Lisa, você sempre terá uma escolha, lembre-se disso. Ou a mente ou o coração. Um deles vai matá-la, o outro vai matar a todos. Você escolhe.

"Eu escolho."

Lisa não entendeu nem soube o porquê, mas começou a chorar.

A decisão sempre esteve em suas mãos.

A menina Lisa despertou deitada sobre a grama da Floresta de Furfur. Sic a encarava, curiosa. Recobrada, se levantou de seu devaneio, de volta ao presente e à realidade sombria.

– Dormiu, amiga?

– Mais ou menos. Lembrei-me de algumas coisas importantes.

– Precisamos sair daqui.

– Sim. E eu preciso tomar decisões.

– Melhor ser rápida, então. Estamos cercadas por nagaaes famintos!

12º CAPÍTULO

O Pêndulo de Balor

Reino de Golgotha, 21h58

Bog ligou o cabo do espectrorama no computador real e não teve de esperar para as informações começarem a serem repassadas no monitor.

– De última geração. Esse é dos bons.

Larval não ouviu o amigo e preferiu se deitar sobre o colchão nos aposentos que o Rei Balor havia fornecido a eles por uma noite, a fim de pesquisarem a respeito do que estava acontecendo, utilizando os dados coletados pelo espectrorama durante as últimas viagens.

– Gostaria de estudar melhor aquela mandala, Larval. Sinto que Faon queria nos dizer algo com ela, relacionado ao sumiço das almas...

– Eu também acho. E você tem a noite toda pra isso.

Enquanto Larval ia se encontrar com suas musas nos sonhos, Bog revisitou aquele estranho desenho. Utilizando um antigo software, que basicamente comparava símbolos e caracteres de todas as culturas das três Terras, o fantasma não chegou a nenhuma nova conclusão. Mesmo que eficiente e apropriado, o programa nem ao menos reconheceu a marca do Coletor de Almas.

Bog nunca se cansava, mas aquela elipse de pesquisa não estava levando-o a lugar algum, e o desânimo começava a dominá-lo. Qual seria a relação entre os símbolos? O que os outros representavam? O fantasma dava voltas no quarto tentando raciocinar além do computador. As horas passaram, a noite esfriou, um eco triste veio do horizonte e aportou sobre a janela entreaberta. Um corvo carregava um chifre de ouro no bico.

O Rei Balor foi acordado em seus aposentos no começo da madrugada. Entorpecido pela perda do filho, atendeu a porta sem seguir os procedimentos. Larval e Bog lhe traziam a notícia sobre o Ragnarok, alertados pelo Rei Mot, recém-falecido pelas mãos do Ceifador.

– Esse Ceifador já está começando a me encher – resmungou Larval.

O rei parou por um instante e ordenou silêncio, em respeito à morte de seu "irmão". Depois, pediu licença, vestiu-se adequadamente, pegou um caixote e desceu com os dois para o alpendre do palácio.

– Lamento não só pela morte de Rei Mot, mas também porque ele tentou nos avisar e não foi ouvido, pobre. Era um grande homem. Farei validar a descoberta dele entre os meus. E tu, Larval, colaborarás para com isso.

O Coletor de Almas assentiu e depois se sentou ao lado do rei. Naquele canto do cenário, em uma pequena mesa de madeira velha, a luz do lampião era fosca e fugaz. Eles precisavam de discrição, por isso os soldados da Guarda Real foram dispensados. Bog vagava aqui e acolá como um vigia, mas sempre atento ao que o Rei Balor iria lhes falar. Era o mais interessado, aliás.

– O Ragnarok era uma lenda sombria. Poucos acreditavam em sua possibilidade. Mas os deuses se rebelaram contra nós, enviando o fim abraçado ao caos.

– Desculpe, alteza, mas não creio que os deuses tenham alguma coisa a ver com isso – disse Bog, olhando de soslaio.

O olhar inescrutável do Rei Balor pedia que o fantasma continuasse.

– Faon desenhou uma mandala com o símbolo de Yggdrasil, do Coletor de Almas, do reino e, provavelmente, da Bruxaria. Ainda não reconhecemos os outros, mas avalie, alteza, que todos esses símbolos foram criados por humanos. Então, não creio que seja uma punição divina, mas uma soma do caos que nós estamos causando há décadas.

– A culpa é nossa, então, Bog? – grunhiu Larval, que tentava coçar os olhos por debaixo da máscara.

– Sim. Aqui se faz, aqui se paga.

– Que papo mais piegas é esse agora? Nada a ver!

O Rei Balor riu – finalmente –, depois bateu o dedo sobre o caixote, retomando a atenção.

– Isso não importa no momento, senhores. Há uma forma de descobrirmos a origem do Ragnarok... com isto.

A luz dourada do lampião deu lugar a um brilho prata que saía das mãos reais e reluzia sobre seus olhos a curiosidade pelo impossível. O objeto tinha um disco metálico preso à extremidade de uma haste oscilante, que o rei segurava entre o polegar e o indicador.

– Oh, deuses! – Bog exclamou. – É o Pêndulo de Balor.

– Já ouvi falar. Pra que serve? – perguntou Larval, tentando disfarçar sua indiferença.

O rei voltou a rir. Não era de sua natureza expor esse tipo de sentimento, muito menos na situação de luto em que se encontrava. Cogitou desespero ou loucura, depois se recobrou e resolveu responder a questão:

– O Pêndulo é uma herança de minha família, passada de geração para geração – ele o balançou de forma lúdica, como se quisesse hipnotizar Larval, sem efeito. – Meu avô gostava de dizer que o avô dele o ganhara de um anjo, como uma espécie de prêmio por ter salvado uma vida insignificante sem querer nada em troca. Não compreendo os valores da época, mas sempre ressaltaram que tal nobreza, além de títulos, fora o motivo do presente, chamado de *dádiva*. Porque este Pêndulo é encantando.

– Como assim? – o Coletor de Almas deu um peteleco no disco, sem respeito. Ninguém protestou.

– Tu perguntas, o Pêndulo responde. É assim que funciona.

– Todo encantamento tem um limite. Qual é o deste Pêndulo, alteza? – indagou Bog.

– Três perguntas, três respostas. As palavras têm de ser claras e objetivas, sem duplo sentido.

O Rei Balor se levantou, deu a volta e sentou-se de frente para Larval. Manteve o Pêndulo na linha de visão do Coletor de Almas, coluna ereta, os braços relaxados e as pernas firmes no chão. Parecia estar num estado de transe.

– O Pêndulo faz exatamente o que tu dizes para ele fazer. Ele se move porque tua mão se move. E tua mão se move em resposta a alguma coisa. Ela se move porque tu ordenas que ela se mova inconscientemente. O Pêndulo não é separado de ti, ele é parte de ti. – O rei respirou fundo uma, duas, três vezes. Fechou e abriu os olhos. Larval e Bog já estavam imersos no clima ali construído. – O Pêndulo emite respostas que correspondem a reflexos aprendidos, e funciona melhor quanto menos pensamos.

Foi quando o fantasma notou que havia um círculo desenhado de forma sofrível na mesa. O Pêndulo estava acima, bem ao centro. Aquela sessão seria como um jogo, e as respostas viriam. "Teriam de vir", pensou Bog, depois se afastou alguns passos para trás do amigo, deixando que ele conduzisse a ação e permitindo-se apenas conselhos pontuais.

– Hãã... – Larval começou gaguejando, depois se concentrou no objetivo. – É certo que o Ragnarok está chegando?

O Pêndulo girou em sentido horário. O fantasma revelou se tratar de resposta positiva, mas lamentou que o Coletor de Almas tivesse feito pergunta tão óbvia.

– O tal Ceifador é o causador do Ragnarok?

Dessa vez o Pêndulo girou em sentido anti-horário, que significava resposta negativa. Bog refletiu sobre o porquê dessa pergunta de Larval, se perguntando se as dúvidas pairavam entre causa divinal ou natural. De fato, seu amigo estava incomodado com o assassino de reis.

Última pergunta. O rei transpirava, mesmo anestesiado pelo efeito místico. Se pudesse, Bog também.

– Em qual direção posso encontrar a solução para salvar meu mundo?

A dupla ficou apreensiva. Segundos se passaram, e o Pêndulo não se moveu, mantendo-se em riste ao centro do círculo. Aguardaram mais um pouco. Nada.

O rei despertou, depois soluçou. Então, reanimou-se.

– Essa porcaria não respondeu a última questão! – resmungou Larval.

– Acalma-te, Coletor – disse o Rei Balor, impassível. – Tua pergunta foi bussolar, e o Pêndulo deu a ti a direção solicitada.

– Alteza, nem sentido horário nem anti-horário, o Pên... – então, interrompendo a própria fala, o fantasma olhou para o rei, parecendo ter elucidado a questão. – É isso! Isso!

– O que, Bog?

– O Pêndulo aponta para baixo, indica que você encontrará a solução para impedir o Ragnarok no subsolo!

Larval se levantou, coçou a cabeça, andou de um lado para o outro – tentava processar a informação. Não que ela fosse complexa, e ele nem queria questioná-la, mas a intenção era resolvê-la de uma vez. Parou, pensou, voltou a olhar para o rei, que se levantava, em busca de alguma solução.

– Visitemos Hella – ordenou o Rei Balor.

– Ah, não... – bufou o Coletor de Almas, desanimado por antecipação.

– Hella? – Bog queria saber.

– Rainha do Submundo – respondeu o amigo. – A solução está em Helgardh.

O fantasma levantou uma sobrancelha, interessado, quase excitado pela ideia do passeio.

– Droga! – grunhiu Larval, para variar, e acendeu um charuto.

13º CAPÍTULO

Sapos, soldados e vampiros

Floresta de Furfur, 22h

Freya e os soldados Forsite não estavam acostumados com a umidade da mata, nem com aquele vento gelado, mas foram treinados para se adaptarem a qualquer cenário. Então, suportavam.

Do alto de uma colina, com vista para toda a Floresta de Furfur, a capitã e seus homens buscavam com binóculos o paradeiro de Lisa. Os rastros da menina terminavam naquele lugar, junto de outros, semelhantes a patas de anfíbios. Abaixo, queda e morte. Mas Freya torcia para que Lisa estivesse viva, para que ela mesma pudesse matá-la.

– A malditinha parece ter fugido daquele lago ali atrás e sido perseguida por... *coisas* – refletiu, tentando interpretar o que ocorrera naquele lugar antes de perderem as pistas da menina.

– Capitã! – urgiu um dos soldados. – Há uma forte movimentação na região leste da floresta, abaixo. Olhem!

Freya e os demais Forsite voltaram seus binóculos para a direção indicada e avistaram algo inusitado.

– Mas que porcaria é aquela?!

A capitã via crianças pálidas saltando de galho em galho, rápidas e estranhas.

Miliz Lillin comandava uma tropa de dez crianças-vampiro como ela, saltando de uma árvore a outra, em alta velocidade. Ela e sua turma acabaram encontrando o rastro de

Lisa por puro acidente, quando a fugitiva se envolveu em uma situação no lago da floresta. Yeshu havia pedido a cabeça da menina, e Miliz faria o possível e o impossível para cumprir sua tarefa e agradar o Mestre.

– Vamos, seus lerdos! Ela ainda está muito a nossa frente! – gritou Miliz, sem nenhum apreço por seus companheiros vampes.

Eles não reagiam mal à mocinha no comando, mais por um respeito juvenil a ordens cegas do que por qualquer outro motivo. O faro dos vampiros era aguçado, e o odor virginal de Lisa, além do cheiro de medo que exalava, só facilitava a busca.

A mosca nunca havia sentido tanto medo na vida quanto naquele instante. Criaturas com troncos humanoides, escamas verdes e espessas, olhos esbugalhados e língua bifurcada perseguiam-nas – em saltos altos, uma fome assustadora, aquele desejo de saciar. Sic zanzava de um lado para o outro tentando desviar das línguas viscosas e mortais.

Lisa estava machucada, molhada e suja, o vestido novamente rasgado do joelho para baixo. Ela se apoiava sobre o cajado mágico nas poucas vezes que parava para tomar um fôlego durante a corrida complicada pela mata fechada. Alguns arbustos densos e troncos caídos colaboravam para que os nagaaes fossem retardados na perseguição. Também, não era todo dia que uma carne de qualidade como a dela e uma mosca encantada apareciam em Furfur.

A menina encontrou refúgio num buraco de terra, perto de um pequeno morro. Encolheu-se, dobrando as pernas e encostando os joelhos na testa, os braços entrelaçando os tornozelos. Respirava lentamente, mesmo exausta, e procurava ouvir os sons da floresta, cada passo, cada movimento. Sic pairou no ombro dela e refletiu, tentando encontrar uma solução para a amiga. Veio-lhe o insight:

– Lisa, sei de uma forma de espantar os nagaa...

A mosca não conseguiu completar a frase. Uma língua grudenta a encontrou e a levou diretamente para dentro da bocarra de uma daquelas criaturas. Lisa soltou um grito vazio, tomada de susto, tristeza e fúria. Sem alternativa e conformada com o desfecho, ela saiu da toca e viu-se cercada por nagaaes, que coaxavam como sapos, enquanto batiam as patas no chão, excitados. O jantar estava servido.

Lisa apontou seu cajado na direção deles e pronunciou:

– Estrela das Bruxas.

Sem moderação e mal-acostumada ao uso do artefato, ela incinerou apenas dois deles. Os demais saltaram longe de medo, escondendo-se em poças, arbustos e atrás de árvores. Aguardavam-na abaixar a guarda. Ela hesitou, um deles avançou, e teve a cabeça divida em dois.

A menina piscou duro, tentando compreender o que tinha acontecido. Sobre a criatura, estava Miliz, a vampira, limpando com a língua o sangue verde-musgo do defunto em seu braço letal.

– É o primeiro monstrinho que mato. Estou orgulhosa!

Deu alguns pulinhos, entretida e satisfeita, depois se voltou para sua inimiga.

– Agora vou cortá-la em duas, bruxa – lambeu os lábios, sensual. – Depois, darei seu corpinho para meu Mestre sugar. Nham! Nham!

Lisa recuou, ficando de costas para a toca; apontava o cajado para Miliz, transpirava e tremia. Estava em torpor pelo medo, muito medo. A vampira se posicionou de frente para ela, e em seguida as demais crianças vampes chegaram, por todos os lados, querendo assistir ao espetáculo.

– Quero um 'cadinho de sangue dela! – disse um garoto sedento.

Antes que Miliz pudesse repreendê-lo, por seu próprio egoísmo em ter Lisa toda para si, ele avançou focado no pescoço da vítima. Um barulho assustou a todos, e um rombo se abriu no crânio dele. O garoto caiu morto, os miolos escorrendo pela cachola.

A Capitã Freya Uller fora a responsável pelo disparo. Miliz ficou paralisada de indignação ao ver seu companheiro morto daquela forma. Os vampiros foram cercados pelos soldados Forsite, com miras precisas e sangue frio – eles sabiam que não eram crianças normais.

– Mas que diabos! Você não é a filha dos Lillin? – perguntou Freya, pasmada.

– Sim – respondeu, sem delongas. Agora saiam daqui! Lisa é nossa, a mando do Lorde Polidori – ordenou, escondendo o medo que sentia das armas.

– Não posso fazer isso, pequena Lillin. Tenho ordens claras do Mestre quanto à caçada de Vasilisa Prekrasnaya.

Miliz fez uma careta em reprovação e ia resmungar algo, quando os nagaaes restantes saltaram em ataque – era uma nova leva da raça, famintos. Um Forsite foi abatido por um deles, enquanto uma vampira matava uma dessas criaturas. Outro vampiro se aproveitou da situação para atacar um soldado. Então, um velho Forsite abateu um vampe e um nagaae, que matou outro vampiro, que partiu em dois seus inimigos. A Floresta de Furfur era um pandemônio.

– Não posso permitir a existência de vampiros. São tão inaceitáveis quanto as bruxas! – gritou Freya no caos, ainda que desgostosa pela morte de alguns de seus homens. – Se você é uma vampira, Lillin, vou executá-la junto de Vasilisa.

Uma Colt 45 da capitã apontada para Lisa, outra para Miliz. Ela não erraria daquela distância.

– Sem saída! Nagaaes, militares, vampiros... Não vou sobreviver assim – murmurou Lisa para si. Estava desamparada sem Sic ali, e não havia nenhuma possibilidade de escapar. – Eu me entrego! – gritou, para sobreviver, e ajoelhou-se.

Miliz aproveitou a distração de Freya e saltou para longe, para as entranhas da floresta. Mas antes que pudesse fugir, a capitã ainda conseguiu acertar um tiro em seu tornozelo. Alguns outros vampiros sobreviventes fugiram junto dela. Os Forsite cessaram fogo com o ato, e não havia mais nenhum nagaae vivo ali.

Furiosa pela fuga da outra, Freya rendeu Lisa, mas teve o braço destruído, os ossos estilhaçados e a pele rasgada por um vulto rápido e feroz, que também a jogou do outro lado do campo de batalha. O uivo bestial espantou os demais soldados, que levaram o corpo desfalecido de sua capitã para uma região segura.

Não deu tempo de Lisa processar tanta informação, mas percebeu estar sozinha novamente e temia que, fosse o que fosse, a criatura que abatera a executora faria o mesmo com ela em seguida. Desmaiou de pavor, era muito para um dia só.

00h

A menina acordou num espasmo. A Lua no centro do firmamento, triste e pálida. Ela não estava no mesmo lugar. Uma fogueira produzia um cheiro bom.

– Nagaae assado, no ponto – murmurou a voz serena do homem, uma silhueta na escuridão.

– Parece bom – disse Lisa e se levantou, ainda desajeitada.

Estava com um vestido novo, feito de tecidos nobres e castanhos, que lhe cobriam os pés, rendinhas amarelas nas bordas.

– Banhei-te e curei tuas feridas. Salvei tua vida também. Tu não corres mais riscos.

– Obrigada... – ela se aproximou, pé com pé, ainda receosa.

– Tu és uma menina bonita. Exalavas inocência; achei correto proteger-te.

Corada, mas com um sentimento de felicidade tomando-lhe o corpo, Lisa parou ao lado dele para observar melhor. Não tinha mais palavras.

– Oh, perdão, não me apresentei – o homem levantou meio corpo, ficando de joelhos em respeito a ela. Revelou-se um rapaz de cabelos brancos, olhos cinza, de rosto fino e corpo esbelto, coberto por uma bata folgada e negra, com poucos detalhes; um tipo de colar de couro parecia apertar seu pescoço. Ele parecia lindo para ela. – Meu nome é Fenris.

Amor a primeira vista existia? Lisa não sabia, então ficou apenas corada e calada.

Não tinha mais palavras.

14º CAPÍTULO

A luta entre os senhores da morte

Reino de Golgotha, 23h00

Larval perdeu meia hora tentando convencer Bog de que ir para Nastrand era o melhor a se fazer naquele momento; lá, pensariam em uma solução antes de tomar qualquer decisão. Mas seu amigo fantasma reforçou os pedidos do Rei Balor para que fossem até Helgardh em busca da resolução definitiva, como indicou o Pêndulo. O Coletor de Almas, exausto – física e emocionalmente –, cedeu. Os dois preparavam a gôndola para a viagem quando o fantasma pediu silêncio e depois alertou:

– Sinto uma presença... *estranha*. Algo ruim vai acontecer!

– Com quem? – indagou Larval.

– Com o rei, provavelmente.

– Não vai, não.

E saiu correndo de volta ao palácio.

Quebrando mais uma vez os procedimentos, o Rei Balor estava ele mesmo arrumando uma bolsa com poucas roupas e condimentos para a viagem até Helgardh. A Rainha Llywelyn preocupava-se com seu marido, que havia desistido de seus sentimentos e sua vida após o falecimento do filho Edda; mas ela não o conteve. Em silêncio, assistia à partida dele pela porta dos aposentos reais.

O Ceifador o esperava no corredor, com sua espada incolor em punho.

– Vim matar-te, rei – proferiu, sombrio, e levou a lâmina ao alto.

Quando a desceu, encontrou o impacto da espada longa de Balor, que a desembainhou rapidamente. Os metais colidiram e ecoaram o início da peleja.

A Rainha Llywelyn não teve forças para presenciar aquilo e desmaiou. O Rei Balor cortava o vazio e vez ou outra acertava o manto branco do Ceifador; assim, conseguia mantê-lo longe de sua cabeça, o grande objetivo. Precisava ganhar tempo.

– Meu irmão de trono avisou-me de tua chegada, maldito. Por isso não me pegaste desprevenido.

O rei ainda era hábil no uso da espada, mas a idade e a falta de forças para viver, consequência do luto, o enfraqueceram como guerreiro. Não demorou até que as desvantagens começassem a aparecer. O Ceifador mais uma vez foi paciente. Quando Balor deu sinais de fraquezas, ele avançou, cortando aqui e perfurando acolá, matando-o pouco a pouco antes de conseguir decapitá-lo.

O sangue real jorrava abundante no corredor do palácio. O rei escorregou, caiu para trás, perdeu a espada para o inimigo, mas tinha olhos de leão, de alguém que jamais desistiria. Não era como Mot, que se entregara tão facilmente. O Ceifador tinha o pescoço do rei a seu alcance e investiu contra ele as duas lâminas entrecortes, como uma tesoura.

Mas elas erraram o alvo e decapitaram Sistino Algardi. Um sacrifício, quem diria. Talvez esse fosse o único ato nobre do cardeal em toda sua longa vida. Balor não teve tempo de lamentar, pois logo as espadas da morte estavam voltando para si. O Ceifador era preciso, mas, mais uma vez, falhou. Um impacto repentino jogou seu corpo para o outro lado do corredor. O assassino levantou cambaleante, cuspindo um pouco de sangue e apoiando-se numa das espadas para tentar compreender o que tinha ocorrido. Na sua frente estava o Coletor de Almas, dando socos no ar, ávido por uma briga. Bog, mesmo intangível, tentava levar o rei e a rainha para aposentos mais seguros, considerando que aquele local em breve estaria destruído.

– Ei, maluco! – cuspiu Larval. – Você andou cortando cabecinhas de reis por aí. Agora, vou tirar seu crânio com meus punhos. Vem cá!

O Ceifador, novamente, não hesitou. Recuperado, com uma das espadas no punho, avançou sobre o Coletor. O fantasma tinha razão: aquele lugar seria destruído.

O soco de um encontrou a ponta da lâmina do outro. Ninguém se feriu, mas o impacto fez explodir as vidraças próximas. Larval desviou-se e virou, prendendo o adversário pelo pescoço com seu braço. Imobilizado, o Ceifador foi golpeado no rosto pelo Coletor inúmeras vezes; afogava-se no próprio sangue. Depois, teve sua cabeça jogada contra o solo, tornando o mundo um vermelho exalando ferro. O assassino conseguiu aproveitar o curto intervalo de Larval erguer a perna para esmagar seu crânio, para então rodopiar até o outro lado e se levantar, ainda que completamente desnorteado. O Coletor era, de fato, fortíssimo.

– Esta batalha não é tua, Coletor – disse o Ceifador, com uma dor que não sentia havia séculos. – Estou aqui com um propósito, não necessito levar outras vidas. Então não me atrapalhes!

– Você fala isso porque tá com medinho! E não levará minha vida.

– Se continuares em meu caminho, podes acreditar que sim.

– Sou tão imortal quanto você, maluco!

Bog voltava naquele instante ao corredor e ouviu aquela frase.

– Como sabe da imortalidade dele, Larval?

– Não sinto esse cara *aqui*, entende? É como se ele tivesse uma não existência – respondeu o Coletor, fixado no adversário. – E isso só me é perceptível porque somos iguais.

– Eu não sabia que você era imortal, amigo.

– É. Sou sim. Não costumo sair falando disso por aí. Descobri no treinamento com Faon, quando não morri após uma queda num abismo. – Larval balançou a cabeça, percebendo sua distração.

O Ceifador corria em sua direção, levemente recuperado, descendo a espada em um golpe vertical. O Coletor a aparou com duas mãos, fazendo com que ficassem frente a frente.

– Seus olhos são vazios. Você realmente não está aqui!

– Sai da minha frente, homem! – proferiu o assassino, furioso, e o chutou com força suficiente para fazê-lo voar alguns metros e cair arrebentando metade do piso.

O Ceifador foi rápido e passou por Larval, que tentava se levantar. O Coletor tentou agarrar o pé do adversário, mas não conseguiu. Saiu correndo atrás dele. Bog os seguiu.

Os soldados protegiam fortemente o cômodo onde Balor e sua rainha estavam. O assassino se aproximou e foi cercado por dezenas de homens fiéis, que dariam a vida pelo rei. Larval chegou em seguida, ainda disposto a brigar, com aquele sorriso sádico desenhado no rosto. Vendo se sem saída, o Ceifador pulou por uma vidraça, caindo alguns metros e desaparecendo na escuridão lá embaixo.

15º CAPÍTULO

Todos os caminhos levam para Yggdrasil

Floresta de Furfur,
Frjádagr, 00h

Freya Uller despertou assustada. Olhos arregalados, aflita pela dor e pelo medo, levou o braço esquerdo em busca do outro, que não estava lá. Panos umedecidos, agora embebidos de seu sangue, cobriam a ferida no toco. Horrível. Ela vomitou por não aceitar a condição; teve convulsões.

Desmaiou.

00h

Miliz Lillin matava seu terceiro companheiro naquela noite, tomada pela fúria e pela frustração. Os outros da corja cochichavam, apavorados pelo ato absurdo da menina em sugar sangue de um igual. Não deveria. Ela se aproximou de outro fofoqueiro, pegou-o pelo pescoço, olhos insanos, ia matá-lo. Foi impedida pela única voz que podia contê-la:

– Pare, querida.

– Lorde Polidori!

E ela parou.

00h50

Vasilisa Prekrasnaya contou toda sua história para Fenris. Estavam em uma área descampada, ao redor de uma fogueira.

A madrugada chegava mais fria, mas a menina só conseguia sentir o calor naquela situação. Os olhos do rapaz brilhavam em sintonia com a Lua, como se em reverência a Lisa, observando-a com atenção. Ele parecia levá-la muito a sério.

– Estás em condições de viajar, senhorita Lisa?

– Você cuidou bem de mim, Fenris. Estou melhor sim. Podemos ir.

– Certo. Prepara tuas trouxas então, partiremos em minutos.

– Para onde?

– Para Yggdrasil e além. Um lugar onde você precisará usar muito sua... *lanterna*.

01h

Próximos de uma gruta aquecida por várias fogueiras e vigiada pelos poucos Forsites sobreviventes, Freya e seus homens traçavam novos planos. Agora, além da caçada a Lisa, havia o envolvimento de vampiros, e algo estranho pairava no ar.

A capitã chamou Daigo, seu braço-direito no comando, e ordenou:

– Refaça a rota. Não voltaremos para Golgotha, iremos para as raízes de Yggdrasil.

– Sim, senhora – respondeu o soldado prontamente, apesar do espanto pela decisão. – Por qual razão, capitã?

– Precisarei do auxílio de uma velha amiga que ali reside, com relação a meu braço perdido.

– Sim, senhora. E quanto à menina Lisa e os vampiros?

– Vamos caçá-los e matá-los assim que os encontrarmos. Algo me diz que todos os caminhos levam para Yggdrasil.

– Todos? – Daigo indagou, confuso.

– Intuição, rapaz.

– Não sabia que a capitã baseava-se em intuições para tomadas de decisão.

– Intuição e medo. Olhe para o céu.

Daigo sentiu-se aliviado por não receber punição por tantas perguntas a Freya, costumeiramente intolerante com quem a questionasse demais. Seu susto veio quando olhou para o alto: nuvens turbulentas formavam uma elipse negra e densa sobre o grande tronco de Yggdrasil, que podia ser visto a quilômetros de distância, devido a seu tamanho colossal. Relâmpagos que desciam rasgando o céu até o solo e faziam tudo tremer sem perdão, como um rápido terremoto, completavam aquele mosaico de perdição. O soldado ficou paralisado de medo, mas não deixou transparecer, claro.

00h05

– Você andou matando muitos de seus companheiros, minha querida.

– Perdão, Mestre – murmurou Miliz, sem conseguir encarar Yeshu, mas beijou os pés dele diversas vezes, submissa por opção.

Os vampiros estavam reunidos abaixo de árvores altas e frondosas, que criavam sombras mais escuras que a noite, ocultando-os de forma efetiva. Nenhum animal se aproximava dali. Yeshu recebera de um vampiro desertor (depois assassinado pelo Mestre por covardia) um corvo que trazia notícias sobre a intervenção dos Forsite na caçada a Vasilisa, e logo se prontificou a colaborar com os seus na caçada. Como ele havia conseguido chegar àquela floresta em tão pouco tempo ainda era um mistério, mas acariciava de tempos em tempos seu colar Megingjord, que brilhava vermelho.

– A bruxa Lisa agora sabe de nosso segredo, e precisamos eliminá-la se quisermos expandir nossa raça por toda a Terra Oca. Precisamos segui-la onde for, nada pode ficar em nosso caminho.

– Sim, Mestre – disseram todos, em uníssono.

– Mas e os Forsite? Eles também foram enviados para caçá-la – indagou Miliz Lillin.

– Sim. Porém meus soldados receberam essa ordem antes que a bruxa descobrisse sobre meu exército vampiro. Eles a caçam por burocracia do Reino de Golgotha, mas seguem a

Lei, então estão indo de encontro aos nossos propósitos. Isso é ruim, uma pena.

– O que quer dizer, Mestre?

– Quero dizer que, por causa disso, a Capitã Freya Uller e seus homens Forsite não são mais necessários. Eu os descarto em favor de vocês, minha raça há tanto almejada.

– Devemos matá-los? – perguntou Miliz, lambendo os beiços de tesão.

– Oh, sim. Por favor – Yeshu sorriu, apaziguante. – Freya é uma bela mulher e muito eficiente. Não há muitos capitães como ela por aí, mas é necessário para um bem maior. Terra Oca está perto do fim, mas, se eu purificá-la como pretendo, podemos salvá-la. Só quero o bem de todos.

Miliz levantou num salto e olhou para seus companheiros vampiros. Eles tinham o aval para uma carnificina. E estavam sedentos.

– Para onde devemos seguir, Mestre?

– A caminho daqui vi Lisa na companhia de um nobre em direção a Yggdrasil. Freya, esperta como é, talvez siga o rastro dela – Yeshu levantou a mão, e todos fizeram um gesto sutil com a cabeça, em respeito. – Podem partir, minhas crias. Boa caçada e boa refeição.

Mesmo que em horas distintas, todos partiram para Yggdrasil.

16º CAPÍTULO

Helgardh

Rio Nastronol, 01h40

As águas estavam ainda mais turbulentas do que nos dias anteriores. Ondas subiam altas e batiam de forma agressiva contra a gôndola do Coletor, que seguia firme para seu destino. Mesmo sem ser afetado, Bog estava temeroso. Nos céus, a tormenta. A seu lado, um rei moribundo gemia de dor e luto, mas era o mais obstinado dos três.

No trajeto, o Rio Lethe encontrava o Rio Nastronol, como irmãos siameses separados e depois reunidos numa bizarria que os olhos e a mente eram obrigados a aceitar. Os viajantes se conformavam em asco diante do indescritível.

Tinham partido do Reino de Golgotha à hora planejada. A Rainha Llywelyn havia ficado no castelo, protegida pela guarda em um oratório, onde proferia bênçãos ao seu rei – o último ato a seu alcance. Sentia, de certa forma, que jamais o veria novamente.

O Rei Balor agonizava pelo corte do Ceifador, e suas condições na gôndola não colaboravam para a lenta cura providenciada por Larval. O fantasma hesitava em seguir com os procedimentos ditos medicinais.

– Vai logo com isso, Bog! Não 'tá vendo que o rei vai morrer?

– Por isso mesmo estou sendo cuidadoso. Você tem certeza de que dar ao rei o sangue do cardeal morto é a melhor saída?

– Aquele velho já era! Queimei o sangue dele com Fogo de Raposa, cozinhei e depois fritei com ólco e substâncias ectoplasmáticas. Não tem erro! Sempre funciona em feridos graves.

– Ah, crendices...

Mesmo desgostoso, Bog revirou o frasco de sangue preparado de Sistino Algardi pela boca de Balor adentro. O rei babou um pouco, protestou como uma criança, mas no final bebeu tudo. Então, dormiu.

– Era para acontecer isso, Larval?

– Sim, relaxe.

Não demorou muito e chegaram a um túnel gigantesco, que cobria boa parte do rio naquela região. Lembrava um esgoto: era escuro, úmido e fedia. Havia centenas de correntes penduradas no teto, de anéis grossos e sujos, que lambiam as águas e tilintavam com a passagem da gôndola, mais lenta e cuidadosa nesse final de percurso. Tochas penduradas em paredes iluminavam o caminho, e a chama delas parecia resistir ao cenário de forma mágica, não havendo obstáculos nem armadilhas. Afinal, quem gostaria de descer ainda mais?

– Este é o túnel Lydelse, suponho – murmurou Bog, curioso e espantado ao mesmo tempo. – Esta é a fronteira entre o nosso mundo e o outro. Inatingível, incalculável, abissal.

– Isso – disse o Coletor, menos poético.

Adiante, um enorme buraco redondo e negro abria uma ferida no rio. Uma corrente maior que as outras, presa no topo, ia em direção a seu centro. Ao lado, numa pilastra, uma alavanca enferrujada, há muito não usada. A gôndola do Coletor de Almas era comprida, e suas extremidades alcançavam as paredes apertadas do túnel, impedindo que o trio caísse buraco abaixo.

– Helgardh está logo abaixo desse fosso – revelou Larval, desgostoso, e puxou a alavanca para baixo.

A engrenagem acima dela começou a se movimentar, recolhendo a corrente de dentro do buraco. Bog ouvia gritos e lamúrias numa sinfonia fúnebre, que não o surpreendia, por sua condição de fantasma, mas quase o tomava em agonia.

E, então, esperaram. Muito.

07h30

Seis horas se passaram até que uma grande gaiola saísse daquele fosso. Grades finas e molhadas. Uma criatura os esperava em silêncio para a viagem até o submundo, de aparência doente e cadavérica, sem cor na pele nem vida no olhar, cabelos parcos e desgrenhados caindo sobre a face. A boca revelava dentes para fora da carne, exalando um odor podre, que era bem-vindo ali.

– Não falem com Forsynkelse – instruiu Larval.

– Por quê? – Indagou Bog.

– Apenas não falem. Isso não seria inteligente.

Carregaram o rei, ainda fraco e em recuperação, para dentro da gaiola. Forsynkelse, inexpressivo, colocou seu braço magro entre as grades e levantou a alavanca, fazendo-os descer fosso abaixo. Mais seis horas de viagem.

Agora em bruto silêncio.

13h50

A gaiola de ferro encontrou uma pequena poça no solo branco no fundo do fosso. Forsynkelse a abriu, gentilmente, acenando para que seus passageiros saíssem e seguissem adiante. Depois, fechou-se novamente na gaiola e aguardou. Era só o que fazia, sempre.

Balor, o rei pálido, despertou num repente – surpreendendo. O preparado com sangue do cardeal havia funcionado, de fato. Larval olhou de soslaio para o amigo fantasma, sorrindo. Ainda zonzo e com a visão turva, o Rei Balor murmurou um nome ao vento, que teria esfriado a espinha de Bog se ele tivesse uma:

– *Elvidner*.

– Então estamos em Helgardh... Esse lugar é realmente horroroso! – concluiu o fantasma.

– Sua concepção de design de interiores é diferente da de Hella – disse Larval.

O Elvidner era um castelo de sal, não muito maior do que um gigante – e os gigantes da Terra Oca mediam entre 3 e 5 metros –, desenhado de forma triangular, com várias torres que subiam para a escuridão do fosso, não havia janelas nem portas. A construção parecia se condensar nas extremidades como um funil, dando a impressão de que encolhia conforme avançava para o interior.

– Percepção falsa?

– Mais ou menos. Lá dentro é ainda pior – Larval se divertia em seu sadismo.

Em Helgardh não fazia frio nem calor, não ventava, e o tempo parecia não avançar. Era como se a existência não existisse ali. Uma apatia infinita.

– Um reino abandonado pelo mundo – lamentou o Rei Balor.

Esperaram.

O sal, que cheirava a enxofre e ferro, começou a se desfazer como areia na frente deles. Um buraco tomou a forma de uma porta nobre, e de lá surgiu a silhueta de uma moça magra, dentes da cor dos cabelos pálidos, belos olhos azuis e boca convidativa. Era feia mas era bela. Mais alta do que o Coletor, ela passou pelo trio e começou a empurrá-los para dentro. Bog nem cogitou protestar.

– Quem é essa? – murmurou cuidadoso para Larval.

– Treg-Het, irmã gêmea do outro da gaiola. E amantes, enfim...

A porta de sal se fechou assim que entraram; mais uma vez, a escuridão.

O tempo ali também não podia ser medido.

17º CAPÍTULO

A ponte de todas as cores

Caverna Umbra, Yggdrasil, 02h15

Lisa tomava cuidado para não incendiar o lugar.

Depois de horas caminhando pela Caverna Umbra, menina e rapaz já estavam com os pés calejados pelo solo pedregoso e escorregadio, um perigo de treva plena. Iluminando o caminho com a Estrela das Bruxas, usando o mínimo da potência do artefato, ela quase podia ouvir um elogio de Sic por estar, cada vez mais, aprendendo a manipular seu presente sem matar ou queimar os outros ao redor.

À frente, com o corpo esbelto e suado, Fenris tentava o desabrochamento da menina com sutilezas e cavalheirismo, conduzindo o caminho com segurança. Ele sabia para onde ia.

– É a maturidade – ele sussurrou com sua voz rouca, e o coração dela pulsou mais forte. – A cada passo nesta jornada árdua, sua alma amadurece um pouco, a ponto de você aprender intuitivamente a usar sua lanterna. Isso é constante e só tende a melhorar.

– Tomara – ela respondeu, sem graça.

Qualquer pequena criatura das sombras que cogitasse atacá-los, por instinto ou sacanagem, desistia da ideia imediatamente ao ver que estavam diante de um nobre poderoso.

Fenris tranquilizou Lisa e pediu que ela não se preocupasse. Mostrou para a menina que existia luz no fim do túnel. De fato. Ao saírem da Caverna Umbra, se depararam com um precipício tão profundo, mas tão profundo, que não conseguiam ver onde findava. Dele, saía uma raiz colossal de Yggdrasil, que subia até encontrar o tronco, a quilômetros dali. Exatamente na saída da caverna, havia uma enorme ponte encurvada que ia até o outro lado, uma região descampada. A névoa quase ofuscava a bela vista.

– Arco-íris? – perguntou Lisa, deslumbrada com as dezenas de cores que a formavam.

– Parece, não? Mas é Asbru, a Ponte de Fogo Aesir, construída pelos anjos artesãos da Terra Alta numa era antiga.

– Fogo? Mas... – ele a interrompeu com gentileza e continuou:

– Não te preocupes, este fogo não queima, é mágico. Mas há algo complicado aqui. Por favor, me acompanha. A passagem é segura, não terá como caíres acidentalmente se andares olhando para a frente.

Lisa apenas confiou, e eles seguiram. A menina sentia os pés formigando, apesar de usar os sapatinhos; um efeito que acreditou ser do Fogo Aesir. As cores de Asbru a fascinavam de maneira hipnotizante, mas ela conseguiu manter o foco em Fenris, à frente. Passos curtos, comedidos, meio dia até o outro lado, calculou.

04h03

Mesmo sem demonstrar sinal de cansaço, Fenris fazia pausas pontuais, de trinta em trinta minutos, para dar água, pão com carne e fôlego para Lisa, que revelou bom desempenho na longa caminhada.

– Estamos na metade do caminho, senhorita Lisa.

A névoa densificou-se naquele instante, e uma espiral de gás girou acima deles, descendo até o centro de Asbru, tomando uma forma humanoide de mais de três metros de altura. A menina percebeu certa tensão no ar e o olhar apreensivo do nobre. Enquanto aquele corpo assumia uma identidade, mais névoa foi cobrindo o cenário ao redor. Nada embaixo, vazio em cima, o silêncio, ela só conseguia ver as silhuetas de Fenris e da criatura gigante à sua frente. Lisa fez apagar sua lanterna e aguardou quieta, tendo a vista ainda mais ofuscada. Ouviu então os sussurros ao vento.

– Fenris.

– Heimdall.

– Para onde e por quê?

– Para meu reino. Preciso levar essa menina em segurança.

– Você passa, ela não.

– Ela precisa ir. Eu preciso levá-la.

– Você é bem-vindo ao reino dos mortos, Fenris. A menina não, ela carrega o fogo bruxo que viola as leis de sua irmã. Não permitirei.

– No fim nem tu sobreviverás, Heimdall. Sem formalidades, te peço. A menina é importante.

– Não permitirei.

Silêncio.

Este, quebrado apenas pelo ofego.

Silêncio.

Então.

Uma canção ecoou, sem direção, vinha de lugar nenhum, de todos os lugares. Dominou o ambiente com uma beleza lírica, divina, com força capaz de dar vida a qualquer elemento que tenha desistido da existência. Lisa sentiu-se extasiada, forte, um novo fulgor desperto em si, sentiu os olhos e o peito brilhando como o fogo da Estrela das Bruxas. Como o Fogo Aesir. Todas as chamas sagradas unidas pela canção.

Desprendido de tempo, a canção durou segundos, ou eras, e então acabou.

Silêncio.

Alguém ofegou.

– A *Canção de Durchgang* – o rapaz estava encantando.

– Ordens divinas. Você e a menina passam.

– Obrigado, Heimdall. Lisa, por favor.

Hesitante, Lisa deu alguns passos e novamente viu Fenris, não mais uma sombra na névoa, que se dissipara. A outra figura havia simplesmente desaparecido.

– Obrigado, Skuld – findou o nobre, em reverência.

08h08

Terminaram a travessia, mantendo a cautela de antes. Chegaram até o terreno descampado, sem vida, desinteressante, à sombra de Yggdrasil. O Sol, relutante, nascia. Não tinha o mesmo brilho de antes, porque sabia que era a última vez que apareceria naquele mundo. Sentaram-se à beira de um lago quase seco e assistiram ao despertar do dia.

– Obrigada por estar me ajudando, Fenris.

– Tu sabes que nada mais será como antes, não é? – perguntou, como se não tivesse a ouvido.

– Sinto que sim. Não sei até onde isso é bom.

– Mudança é diferente de evolução. Mas ambas são necessárias, não sabemos se são boas ou más. O problema é o fim.

– Juntos... somos fortes. Né? – Lisa, corada, tomava coragem para expressar seus sentimentos.

– Não parece, mas este lugar já foi um belo jardim – disse Fenris, ainda perdido em pensamentos.

– Eu acredito. O espírito desse lugar ainda não morreu, dá para sentir sua beleza. E aqui, sei lá por que, me sinto em paz. Ainda que só um pouco.

– Sabes, Lisa, não é a morte que temo, porque ela é inevitável. Temo a solidão, porque vivo o presente.

– Você não está sozinho, Fenris. Estou aqui contigo. Posso estar sempre.

A menina depositou a mão sobre a dele.

E percebeu o respirar apaziguante dele, por um instante.

Silêncio.

O sol terminou de nascer e contemplou em reverência as duas figuras que assistiam ao fim do mundo.

Fenris encarou Lisa com nobreza, rostos muito próximos, e sussurrou:

– Não importa o que aconteça, morra e renasça. É assim que funciona a cada final.

Aquele momento durou pouco, mas foi um momento só deles.

18º CAPÍTULO

Por baixo das águas, a salvação

Reino de Magog, 09h00

– Estão se alimentando bem, meus queridos? – perguntou Yeshu para quatrocentos vampiros da "primeira geração", a cota anterior a Miliz Lillin.

– Sim, Lorde Polidori. E está tudo pronto também – respondeu Stupet, afastando a cabeça do pescoço de uma mulher muito, muito gorda. Da boca dele escorria sangue, mas estava saciado.

Stupet era um dos primeiros nefilins a se doarem para o Mestre e um dos mais fiéis. Ao seu redor, outros iguais sugavam vidas dos fazendeiros da região do Reino de Magog. Mulheres, crianças, centenas de mortos sem perdão, sem chance, agora sem sangue.

– Por que o sacrifício, senhor? Não seria melhor tê-los como aliados da raça vampírica?

– Não. Eles precisam estar mortos para o ritual. É um sacrifício necessário. E esse lote de humanos ainda é pouco – respondeu Yeshu, tranquilo e seguro.

– Os demais do reino também serão sacrificados?

– Não. Ayla, uma criada da raça, saiu há dias em peregrinação para trazê-los até aqui com vida. São mais de mil humanos. Essa viagem termina hoje, chegarão em segurança antes do fim.

O Messias passou entre os seus, abençoando cada um com o olhar ou um gesto e se aproximou de Stupet, limpando os lábios do menino com seus dedos, carinhosamente.

– Esse sacrifício teve uma finalidade, não ocorrerão outros. Além disso, ainda alimentei vocês pelo equivalente a cinco dias, mais do que aos outros, que saíram na caçada da bruxa.

– E eu lhe agradeço por isso, senhor.

– E é por cinco dias que precisaremos nos manter, porque estaremos em meio ao Ragnarok, assistindo ao fim do mundo de camarote.

Stupet assentiu e esperou o sinal do Mestre. Yeshu levantou os braços, e quarenta vampiros, que já sabiam de suas posições, alinharam-se e começaram a puxar uma longa e pesada corrente que saía de dentro dum profundo lago. A força descomunal deles colaborou para que o serviço fosse realizado com destreza e velocidade; em menos de meia hora um navio gigantesco surgia das águas. Branco, feito de metal e madeira, com hélices no lugar das velas e turbinas no lugar de canhões, ele se arrastou até a margem sem nenhum arranhão. Os quarenta não ficaram cansados.

– Senhor, oito meses de produção e está tudo nos conformes. Vamos ligá-lo no momento certo.

Yeshu estava deslumbrado:

– Quão bela e magnífica é esta nossa Arca de Noach.

19º CAPÍTULO

Prótese

Yggdrasil, 09h30

Freya Uller já havia retirado o último fio de esperança que restava em sua tropa Forsite. Objetiva e dura, a capitã deixou claro que, nas condições atuais do mundo, seria muita sorte se conseguissem voltar para seu reino. Aquela era uma jornada só de ida, sem chances de sobrevivência para quem tentasse voltar. Na verdade, não havia chances de sobrevivência nem para quem ia nem para quem ficava. Chances de vida em um Ragnarok? Não.

– Obrigada por me acompanharem, rapazes. Vocês não tinham mais motivos para seguir nesta missão, que perdeu seu propósito quando nosso próprio Mestre nos abandonou e trocou por vampiros sanguinários. Estamos numa caçada perdida, mesmo que vençamos, não voltaremos vivos. É uma insanidade, mas serei realista com todos: não estou nem aí, cumprirei com minha palavra de qualquer forma. Foda-se.

– Foda-se! – gritaram em uníssono os Forsite, para surpresa de Freya.

– Estamos contigo, capitã. Até o fim do mundo – começou o soldado Daigo, seguido pelos demais.

– Vocês são mesmo loucos – disse ela, sorrindo de satisfação, um tanto sarcástica.

– Somos fiéis à senhorita, seja em qual situação for. O Mestre desistiu do Reino de Magog, por fins que ainda não compreendemos, mas a capitã ainda mantém nossos valores, e nós a manteremos com nossa vida. Custe o que custar.

– Custe o que custar! – todos os soldados novamente em uníssono.

Eles pararam, haviam chegado ao tronco de Yggdrasil. Acima, relâmpagos explodiam e desciam até a terra, fulminando qualquer um, aleatoriamente. As águas do Rio Lethe estavam agitadas e formavam pequenas ondas, que já começavam a incomodar o solo. Um galho gigantesco da árvore caiu e esmagou dois Forsite; nem houve tempo de seus companheiros sangue de ferro reagirem.

O estrondo foi o suficiente para chamar a atenção do Escolhido, guardião de Yggdrasil. Ratatosk saiu de um buraco do tronco e veio pulando até a capitã.

– Senhorita Uller, né?

– Que bom que se lembra de mim, esquilo.

– Como poderia esquecer?

Uma voz veio de um lugar mais baixo, resmungando qualquer coisa. A dona da voz chegou à superfície, e os olhares se encontraram, gerando um abraço sincero.

– Freya!

– Eitri!

– O que houve com seu braço, menina? – perguntou Eitri Opala para a amiga.

– Fui atacada na floresta, mas já conseguiram parar minha hemorragia.

– Deuses! Você está pálida, Freya... Perdeu muito sangue, creio.

– Sim. Não vou durar muito, eu sei.

Os soldados não sabiam e se assustaram com a revelação, mas mantiveram a ordem da frieza numa neutralidade novamente forçada.

– Levamos horas para chegar até aqui por um caminho seguro através da margem do rio. Isso também não colaborou para minha condição – contou a capitã.

– Eu sinto muito... Oh, deuses, Freya... – era a primeira vez em décadas como parceiros que Ratatosk via Eitri Opala chorar.

– Não chore, amiga. Não estou aqui para que vocês lamentem minha morte antes dela acontecer. Ninguém vai sobreviver ao Ragnarok, e eu sei que vocês já estão cientes disso. Yggdrasil está se desfazendo.

A pequena mulher caiu de joelhos, desconsolada. O esquilo acreditou que ela estava segurando seus tristes sentimentos havia dias, mas chegara o momento de encarar a trágica verdade. Eitri soluçava em meio ao pranto, num misto de pavor e melancolia. Ver seus amigos morrendo, ver aquilo que preservou se destruindo, seu mundo acabando.

Eitri Opala parou num repente, respirou fundo e se levantou.

– O que você quer, Freya?

– Um braço novo.

– Prótese?

– Sim. E coloque cápsulas de ectoplasma embutidas ali. Preciso explodir alguém.

20º CAPÍTULO

Acéfalos

09h30

Do alto de um precipício, muito depois da Ponte de Asbru, estava o Ceifador em seu corcel, vislumbrando Yggdrasil e o princípio de caos na Terra Oca. Ele não assistia, esperava.

Um homenzarrão surgiu de lugar algum e se aproximou pela retaguarda dele, a passos lentos, calmo, seguro.

– Tu essstásss ferido – sibilou a figura.

– Isso não importa – disse o assassino.

– Terminassstesss o ssserviço?

– A cabeça do Rei-Anão Truck está aqui – tocou a sacola que continha as cabeças de reis e regentes. – Foi um bom combatente. O machado dele era indestrutível, mas minha espada foi mais eficaz.

– E Balor?

– Tive problemas com o Coletor de Almas, que o visitava. Mas isso será resolvido logo.

– Não temosss tempo. Se teu corpo sssucumbir no Ragnarok, tu ssserásss o único sssobrevivente entre osss habitantesss da Terra Oca, e issso não pode acontecer.

– Não quero isso também, Jormungand. Desejo a morte, preciso de paz.

– Então vem comigo – Jormungand virou-se, e suas escamas de cobra moveram-se como tatuagens vivas em sua carcaça de homem. – Vou adiantar o processso para ti.

Os dois simplesmente sumiram. Se alguém estivesse ali, teria ouvido o barulho de correntes.

INTERLÚDIO

A tocaia dos vampiros

09h42

Nenhum vampiro estava exausto pela longa jornada até uma das raízes de Yggdrasil. Alguns deles tinham sido destruídos pelos relâmpagos devastadores, mas a maioria ainda acompanhava a preferida do Mestre.

– Um terremoto está acontecendo perto daqui, isso vai ficar feio – informou Miliz Lillin, tocando o solo com os dedos. Sua corja não se mostrou preocupada como ela.

Levantou-se e farejou o ar.

– Infalível. De fato, centenas de humanos estão vindo do leste em direção à Árvore-Mãe. Do sul, uma concentração de vento forte e gelado. Não sei bem...

– Furacão em formação? – indagou um dos vampiros.

– Isso, isso – Miliz parecia empolgada, socando o punho. – Esses humanos serão trucidados! – gargalhou de forma forçadamente sinistra.

– Nós poderíamos cuidar disso, senh...

– Podemos e faremos. Mas de forma seletiva. Transformaremos os humanos que sobreviverem em nossos iguais. Precisamos aumentar nosso exército.

– Está bem.

– Eu quero matar a bruxa e a capitã. Elas são minhas! A escória é de vocês, fiquem à vontade.

– Sim! – responderam todos os vampiros, sedentos, empolgados pelo discurso da garota.

– Nós seremos a raça sobrevivente!

21º CAPÍTULO

A reunião

Elvidner, Helgardh, 15h00

Larval resmungava muito, mas muito mesmo, pela demora. Não gostava de esperar, e já estava sentado naquele banco de sal havia mais de uma hora. Ao seu lado, o Rei Balor regenerava-se do ferimento do Ceifador com o sangue do sacrificado Sistino Algardi. Bog se distraía com seu espectrorama, buscando novos sentidos para a mandala ali registrada, andando de lá para cá. Todos impacientes, estafados. Ao redor deles, o sal se mesclava com a escuridão.

Treg-Het surgiu de algumas dessas sombras e os chamou com um movimento do finíssimo braço. Ela ouviu algo como "Até que enfim!" de Larval e continuaram. Escuridão, silêncio e então um salão iluminado por tochas azuis. Fogo de Raposa, Bog concluiu com obviedade. O lugar era oval, espaçoso e tinha um forte e terrível odor de podridão, que se originava da Deusa-Rainha, sentada logo à frente, comendo um filé cru, em sua mesa igualmente oval, com dez cadeiras de madeira escura, estofadas, circundando-a. Bog expressava caretas sem pudor, esquecendo-se dos trejeitos respeitosos. A visão era repugnante demais, até mesmo para o Coletor de Almas e o Rei Balor, que conheciam a mulher havia tempos. O corpo dela era pálido, quase azulado, tinha cabelos compridos da mesma cor, unhas benfeitas, maquiagem cuidadosa, lábios vermelhos como sangue, rosto simétrico e corpo voluptuoso, era bela e muito atraente. De um lado.

Do esquerdo, um véu branco tal qual seu longo vestido insistia em esconder o horror. Podre, era escuro como a morte, carne viva nos lábios, dentes afetados, o olho era cinza e saltado, músculos queimados da cabeça aos pés em que vermes passeavam naturalmente.

De um lado, mulher; doutro, uma defunta.

– Sen-tem-se, senhores – ordenou Hella, educadamente.

A mulher falava com estalos na garganta, parecidos com soluços, que criavam pequenos intervalos entre uma sílaba e outra ou entre palavras. Bog não poderia estar mais pasmado.

Larval estava de frente para a Deusa-Rainha, com o fantasma ao lado esquerdo e o Rei Balor à direita. Não houve mesuras, a ocasião pedia objetividade, e nobrezas não seriam cobradas. O Coletor de Almas, desprendido de bons hábitos, apoiou um dos braços no encosto e postou o outro sobre a mesa, batendo os dedos pela tensão impossível de ocultar.

– Então, Hella, é o seguint... – foi interrompido.

– Es-pere.

Ela acenou, terminou de devorar seu pedaço de carne e expeliu o fedor morto pelos poros, limpando a gordura e o sangue que escorriam pela boca com as costas da mão fúnebre. Depois, chamou a criada para retirar o prato e trazer um guardanapo. Em seguida, Treg-Het desapareceu pelo mesmo lugar de onde tinha trazido o trio.

– 'Tá o caos lá em cima, sabia? Terra Oca vai sumir do mapa em algumas horas! – continuou Larval.

– Meu Pêndulo indicou que encontraríamos a solução com vossa majestade – disse o Rei Balor, protegendo seu objeto nas mãos como se fosse um filho.

Hella fitava Larval com o olho bom. Diziam as lendas, ali confirmadas, que ela só podia olhar para uma pessoa por vez. O olho morto não via nada em vida, só os que já haviam atravessado o véu, não o dela, mas o da existência.

– Ob-viamente, sei do que es-tá aconte-cendo, Co-letor. Esta-mos abaixo de Ygg-drasil, não ti-nha como ser dife-rente.

– Voltou-se para o rei – Seu Pên-dulo nova-mente foi acer-tivo, alteza. Mas aqui não te-mos a solu ção. Temos res-postas.

– Estamos ouvindo, majestade – disse bog, tentando ser respeitoso e evitando a parte morta.

Passos foram ouvidos vindos detrás de Hella, interrompendo a reunião. Das sombras saíram um nobre e uma menina assustada, que olhava para as figuras à sua frente com curiosidade e estranheza. A Deusa-Rainha pediu que se sentassem, Fenris à sua direita e Lisa ao lado dele, seguramente distante da defunta.

– Es-te é meu irmão caçu-la, Prín-cipe Fenris.

O título deixou Lisa surpresa, ela não fazia ideia.

– E esta é minha convidada de honra, Vasilisa Prekrasnaya, a jovem portadora da Estrela das Bruxas – disse o príncipe.

Hella olhou de esguelha para a bruxa, encarou a lanterna com preocupação, depois deixou a tensão se dissipar, enquanto os demais se apresentavam. Os dois novos convidados foram atualizados sobre o assunto e não se mostraram surpresos. Eram nítidos o conforto e a segurança que Lisa sentia ao lado de Fenris.

Um tremor muito, muito acima de Hellgardh distraiu a todos. As correntes tilintaram, pequenas pedrinhas caíram sobre a mesa e o salão.

– Oh, minha nossa... A Terra Oca deve estar ruindo nesse momento! – lamentou Bog.

Hella suspirou por longos minutos, o desânimo tomando sua face humana.

– Senhores, com a autorização de minha irmã, revelo que Hella vem sofrendo de depressão há décadas, e isso tem a afetado de diferentes maneiras.

– Desculpa, príncipe, mas o mundo 'tá acabando, e problemas emocionais e pessoais de cada um não são importantes agora – disse Larval.

– Neste caso, em específico, são – Fenris, incomodado, coçou o pescoço e ajeitou seu colar. – Os objetivos de minha irmã são nobres, justos e necessários. E é por isso que o mundo está assim.

– Como assim? – perguntou o Rei Balor.

– Quando Yggdrasil se ergueu aos céus na primeira Era, minha irmã, um dos deuses primordiais, foi designada a reger Helgardh, local de descanso das almas após a morte – Fenris era didático e falava calma e serenamente, despreocupado com a situação apocalíptica. Lisa admirava-o com olhinhos brilhantes. – Porém, com a necessidade de manter a estrutura de Terra Oca e o mundo em equilíbrio, o destino dos mortos passou a ser o núcleo da Árvore-Mãe, deixando Helgardh inabitada. O que é um rei sem um reino?

– Compreendo a aflição, de fato – murmurou Balor.

– Lembro disso aí. Faon me contou que foi nessa época que criaram a função do Coletor de Almas, para facilitar o filtro das almas até Yggdrasil. Mas, e...?

– Desde então, minha irmã está sofrendo com a depressão. Ela necessita de habitantes por aqui para recuperar a essência local – o príncipe limpou a garganta, gerando uma longa pausa, que despertou apreensão entre os convidados, todos atentos pelo o que viria a seguir. – Hella é a responsável pelo Ragnarok.

22º CAPÍTULO

Ragnarok

Yggdrasil, 15h15

Centenas de humanos, vindos de todas as direções, de todos os reinos da Terra Oca, peregrinaram por horas e dias até as raízes de Yggdrasil, obstinados em orar para a Árvore-Mãe, implorando pelo salvamento do mundo. Mulheres, crianças, velhos e jovens fortes.

Todos mortos.

Miliz Lillin limpava os lábios, elogiando o quão suculento estava aquele bebê, enquanto sua corja saciava a eterna fome nos demais caídos. Um ou outro foi transformado em vampiro, mas a maioria não resistiu aos ataques violentos.

A natureza era feroz e assassinava outra dezena de humanos e vampiros no lado leste de Yggdrasil. Um furacão estraçalhava corpos mortais e imortais, devastando a Ponte de Asbru, e dali para outro reino, tornando descampado uma floresta, tonalizando de vermelho-sangue o que foi um dia o Rio Lethe e envenenando toda a vida fluvial, todos os peixes – menos um.

Um terremoto ocorria na área norte, abrindo fendas na terra do tamanho de titãs, engolindo pessoas e animais para um abismo infinito de terror. Nos céus, aves e criaturas aladas eram incineradas pelos relâmpagos contínuos – somente uma sobreviveu e voou para uma área temporariamente segura, aguardando seu *chamado*.

Miliz sorria no caos, venerando o apocalipse orgasticamente, gargalhando diante da montanha de vítimas.

23º CAPÍTULO

Gae Bulg e Nothung

Elvidner, Helgardh, 15h30

– O *QUÊ?!* – gritou Bog, desistindo de vez das formalidades.

– Isso é inadmissível, majestade – disse o Rei Balor, ainda polido.

O Coletor de Almas permanecia estranhamente quieto. Ele encarava Hella com seriedade, mas nem mesmo seu amigo fantasma foi capaz de desvendar suas intenções.

Fenris virou-se para Lisa e sorriu, apaziguante.

– Fica tranquila, tudo dará certo. Irei proteger-te de qualquer mal – murmurou.

– Como poderia? – indagou a menina, desapontada.

– Fui designado por Skuld para ser teu guardião. Tu sobreviverás ao final, fica certa disto.

Lisa apertou a Estrela das Bruxas em suas mãos, estava preocupada e com medo do que poderia acontecer em seguida. Ele ajeitou novamente o colar, se coçando, parecia incomodá-lo cada vez mais.

Larval levou a mão direita para o alto e a espalmou, roubando todos os olhares. Uma energia azul e branca começou a se formar, como se viesse da superfície, ou de Yggdrasil, descendo em uma espiral vertical – um pequeno tufão de ectoplasma. Hella mostrava-se indiferente à invocação.

– GAE BULG!

– Oh, o remo... – disse um rei pasmado.

– Não somente – trovejou o Coletor, com um olhar insano.

Gae Bulg tomou forma sólida em sua mão, imponente. Larval levou sua arma com força ao centro da mesa, arrebentando-a ao meio e fazendo levantar uma poeira de eras. Príncipe e Deusa-Rainha não reagiram, mas Lisa caiu da cadeira pelo susto e pelo impacto. Bog e Balor continuaram paralisados em seus lugares, sem saber o que fazer.

O Coletor de Almas apontou a ponta serrilhada do remo para o rosto de Hella e ameaçou:

– Você vai parar o Ragnarok agora, vadia!

– Não po-sso, Coletor.

– Hella tem razão. Há pouco mais de um ano ela usou Hagalaz no ritual para iniciar o Ragnarok. Desde então, todas as almas são direcionadas para Helgardh como um imã. Agora nosso reino possui o próprio núcleo, tal qual o de Yggdrasil.

– Hagalaz... a runa do granizo, pedra fundamental deste reino... – concluiu o rei.

– Vocês tiraram as almas do lugar, fazendo com que Yggdrasil entrasse em colapso. É por isso que Terra Oca está sendo destruída! Malditos! – Gae Bulg ficou ainda mais próxima dos olhos de Hella.

– E onde estão todas essas almas? – perguntou Bog.

– Helgardh, obviamente. Em outra camada deste reino. – Fenris respondeu e pôs-se em pé. Parecia enfraquecido, mas Lisa não teve certeza.

O príncipe ajudou a menina a se levantar, acariciando-lhe os cabelos. Os olhos dele estavam tristes, os dela também.

– Perdão, senhorita Lisa. Sei que é difícil confiares em mim agora, mas crê: como filho da Morte, necessito realizar algumas funções, nem sempre claras aos humanos.

– Não faça nenhuma besteira, Fenris! – Lisa saltou e agarrou os braços do rapaz. Ela chorava e apertava o rosto contra o peito dele. – Fica... Fica comigo. Juntos poderemos dar um jeito nisto.

– Sinto muito... eu...

– Eu o entendo! Você está dividido entre seu posto como Príncipe do Subsolo e sua função como meu guardião. Não peço que abandone quem é, mas que não faça o que acha errado.

– Acredito, senhorita Lisa, que eu já abandonei quem sou...

– Sssim.

A voz áspera veio de outra sombra do salão. Os passos pesados colaboraram para o aumento da tensão no local. Em nenhum momento Hella tirou seu olho bom de Larval, que não se movia em ameaça a ela. Mas ele estava ciente de que não poderia vencer a Deusa-Rainha; mesmo imortal, ele ainda era humano. Humanos não podem matar deuses.

As silhuetas revelaram um homem alto, de ombros largos, queixo quadrado, com aquele olhar de serpente, amarelo e dilatado na vertical. A pele escamosa cobria músculos poderosos. Vestia uma bata fina e verde, porém nobre, e carregava uma bainha enorme. Ao lado dele, uma criatura coberta com um manto branco, exalando a morte, que o Coletor e seus companheiros conheciam bem: o Ceifador.

– Jormungand, nosso irmão – Fenris o cumprimentou respeitosamente.

Lisa não esqueceria aquele rosto ofídio tão cedo. O outro também a impressionava, porém.

Sem hesitar, Bog e Balor levantaram-se, e o rei utilizou a cadeira como escudo, encarando o assassino, que não se moveu. Esperaram por algo, mas nada aconteceu. Larval olhou de través para o Ceifador e tentou montar uma estratégia. Como enfrentaria o assassino e Hella?

Jormungand retirou da bainha uma espada longa, jogando-a para Balor, que abandonou a cadeira, capturando a arma no ar, empunhando-a com destreza. Ela reluzia mesmo na escuridão.

– Nothung. Esssta essspada me pertenceu, alteza. Agora é tua, para que batalhesss com honra e morrasss.

– Estou recuperado, darei o meu melhor.

O rei segurou-a com as duas mãos e aproximou a lâmina do rosto, na vertical. Fechou os olhos e orou para os deuses.

– Balor, não... – implorou Larval, mas a presença e o olhar da Deusa-Rainha o impediram de sair com segurança de sua posição. Com exceção da menina, os demais compreenderam a situação e passaram a assistir àquilo tudo em silêncio.

– Serei rápido e limpo, eu prometo – grunhiu o Ceifador, movimentando sua espada incolor no ar, enquanto caminhava até o rei.

– Não será fácil como antes, demônio – Balor sorriu, desprendido de valores e feliz pela oportunidade. – Eu juro.

24º CAPÍTULO

Carta na manga

O Ceifador era objetivo e investiu com sua lâmina, sem hesitar, na direção do peito do rei. O assassino não pretendia lutar, apenas matar. Balor sabia disso e desviou habilmente, flanqueando o inimigo a uma distância segura, retomando o espírito guerreiro perdido junto de outros valores após a morte do filho Edda. Não demorou para que as espadas se encontrassem, o tilintar ecoando no salão.

Jormungand logo se aproximou do irmão e num repente arrebentou aquele colar que tanto o incomodava. Fenris caiu de joelhos, gemendo e babando, parecia perder o controle de si. Lisa o socorreu, tentando trazê-lo de volta à sobriedade, gritando e chorando.

– Desisssta, garota. O que é para sssser, ssserá – o homem-serpente cruzou os braços na frente do peito, aguardando por resultados. Não se importava com a luta atrás de si nem com a tensão à sua frente.

– Ei, guria, não chore! Vou tirar você daqui. Tirarei todos! – bradou Larval, suando frio.

– Você pretende atacar o Ceifador, amigo? – perguntou Bog, enquanto verificava algo em seu espectrorama.

– Se eu fizer isso, o próprio Balor vai tentar me matar depois. É uma luta de honra, não creio que ele queira ser interrompido. Mas não vejo outra saída!

Hella o encarava, ainda inexpressiva.

– Pu-nição divina. Enca-rem assim se qui-serem.

– Por quê?

– Vocês não cui-daram bem do mun-do nos últimos séculos. Guerras inú-teis por posses, territó-rios, ving-ança... Descui-do das rique-zas nat-urais, maltrato com Ygg-drasil...

– Não venha querer justificar sua decisão de causar o Ragnarok agora, Hella! – Larval não parava de gritar, remo em riste. – A humanidade sempre devastou a Terra Oca, e isso nunca foi motivo para o fim do mundo!

– Es-te não é o pri-meiro Rag-narok, Coletor.

– Lembra da mandala, Larval? – Bog apertava botõezinhos do espectrorama. – As conclusões me parecem óbvias neste instante...

– Agora não, Bog!

O fantasma tentava mostrar para seu amigo a imagem da mandala na tela do aparelho, focando no elemento inferior: um traço vertical, de cuja ponta inferior saíam outros três, formando uma espécie de triângulo.

– Aquele símbolo sobre o qual estávamos em dúvida... de fato é símbolo da Bruxaria. Representado por essa menina, a bruxa!

– Então a guria tem mesmo importância nisso tudo?

– Creio que sim... E, poxa, veja aquele cajado. Estrela das Bruxas, né? As coisas estão se ligando!

O Ceifador conseguiu abrir um talho do ombro até metade do peito do rei, que saltou para trás, ofegante, e investiu em seguida, perfurando a coxa do assassino com eficácia. O inimigo não reagiu, apenas cambaleou para o lado e continuou golpeando, ambos atingindo o ar, vez ou outra rasgando a carne um do outro. O sangue tingia de vermelho e ferro o salão de sal.

Fenris estava se contorcendo no chão, virando de um lado para o outro. Lisa, sobre ele, em vão, chorava e tentava conjurar alguma magia, mas seu cajado não reagiu. Jormungand assistia.

Alheio a tudo, Bog continuava suas pesquisas. Apertou o botão seguinte, e o espectrorama se focou no símbolo do lado esquerdo da mandala: uma pequena cruz embaixo de um círculo, com dois traços quebrados subindo.

– E esse, se não estou enganado, é...

– A Morte, ob-viamente – disse Hella, que havia surgido atrás do fantasma, sem que ele e Larval tivessem a percebido se deslocando.

O salão ficou um pouco mais gelado.

– Mas... como?! – Larval, confuso, voltou seu remo para o outro lado.

– Eu, Cei-fador e mi-nha mãe. Es-te é o símbolo que nos re-presenta. O fim da vida, o iní-cio da mor-te.

– V-Você é filha da... Morte? – Bog ficou e continuou boquiaberto, mas logo saiu dali, afastando-se da Deusa-Rainha.

– A mandala não nos ajudou. Só a desvendamos depois de ter descoberto a situação. Tarde demais! – o Coletor tomou a frente, protegendo o amigo dela, que não parecia querer reagir.

– Era ine-vitável. Acon-teceria de qualquer man-eira, des-vendando ou não a mandala – Hella deu alguns passos e sentou-se novamente, em outra cadeira. – Esses ev-entos ocorrem de eras em eras. Mas tranquili-ze, Cole-tor, imortais sobre-vivem ao Ragna-rok, inclu-sive para ajudar na reconstrução do mundo.

– Balela!

Larval quis avançar com seu remo sobre a Deusa-Rainha, mas algo no ar o paralisava. O medo? O frio da morte? O caos imposto? Não soube e não conseguiu se mover mais uma vez.

O Rei Balor cortou na transversal, abrindo uma ferida imensa no Ceifador. Manto branco e pele rasgada no tronco, sangue jorrando em fartura. O assassino teve de se apoiar na própria espada para não cair; ofegava forte, não era mais o mesmo. Nem ele nem o rei.

– Antes de te destruir, é necessário que saibas, Ceifador: o sacrifício de meu cardeal, Sistino Algardi, e o sangue dele misturado em minha cura deram-me fôlego renovado, força e velocidade aumentadas. Sinto-me jovem!

– Preciso terminar isto antes do fim – o assassino se recobrou com lentidão.

– Em nome de Edda, meu filho, e em nome de todos os reis caídos, vou subjugar-te, Ceifador!

Balor brandiu Nothung acima de sua coroa com nobreza e poder, e, assistido por todos, avançou sobre o inimigo com uma velocidade sobre-humana. O Ceifador não teve tempo de reagir, tentou usar sua espada incolor para defender um dos flancos, mas a lâmina foi partida ao meio, o braço direito dele decapitado, e ele jogado para um canto qualquer do salão. O assassino, cambaleando, deu três passos para trás, como se zonzo pela dor, e recebeu seis estocadas no peito, na direção do coração. Vomitou mais sangue sobre o sal e então caiu de joelhos. Nothung dentro de sua carne molhada.

O rei esperou. O silêncio tomou a sala, até mesmo Fenris parou de gemer, até mesmo Lisa interrompeu o chorar. Algo ecoou no ar. E de novo.

Era um soluço. Vinha de dentro do capuz do Ceifador.

Balor levantou a larga espada acima da cabeça do inimigo, para findar com honra o destino daquela criatura.

– Farei contigo o mesmo que fizestes com todos os portadores de coroas. Morre em minhas mãos, em um desfecho iluminado – o rei voltou seu olhar para Larval e Bog e sorriu, depois desceu Nothung com força o suficiente para destruir o pescoço do assassino.

Tão veloz quanto seu inimigo e num átimo, o Ceifador usou o gancho da mão esquerda para decepar um dos pés do rei, que perdeu o equilíbrio de imediato e acabou por acertar a espada na coxa do inimigo, que, com dor e masoquismo, subiu pela lâmina, destruindo a própria perna para encarar Balor de perto, olho no olho.

Pasmado, o rei tentou retirar Nothung do Ceifador, mas foi inútil, então deu curtos passos para trás, desarmado. Sacrificando o próprio joelho, o assassino puxou a espada para o alto, retirando-a de si, e logo pulou sobre Balor, usando apenas a perna boa. Estocou com destreza, perfurando o pomo de adão do outro, que golfou o restante de vida que possuía.

Os olhos do Rei Balor encararam os do Ceifador com satisfação, como se soubesse o destino daquela luta desde o início. O assassino findou a peleja rasgando com a espada o pescoço do adversário e, finalmente, decepou sua cabeça, que rolou até seus pés. Ainda o encarando.

– NÃO! – berrou Larval, furioso e triste.

Jormungand se aproximou do rei morto e recuperou Nothung, limpando o sangue nobre em sua bata antes de embainhá-la.

– Agora é sssua vez de agir, Fenrisss.

O rapaz recobrou-se com lentidão, respirando fundo e encarando a menina assustada.

– Não te preocupes... minha amada.

Lisa enrubesceu. Seu coração pareceu levar dezenas de pontadas. Chorou novamente.

O Ceifador recolheu a cabeça de Balor e a jogou dentro do saco largado no canto do salão. Aproximou-se de Hella pela retaguarda, dando a volta pelo outro lado da mesa quebrada, evitando Larval. O assassino parecia muito ferido e deixava uma trilha de sangue pelo caminho, demonstrando fortes sinais de cansaço.

O espectrorama emitiu um sinal estridente – era o alerta de interpretação do último símbolo da mandala. Ao mesmo tempo, Lisa assoviou alto, muito alto, como se fizesse um chamado.

– É isso! O Andvarinaut terminou a pesquisa no banco de dados e enviou para o espectrorama. O Ciclo... é isso! O Ci... – Bog sentiu-se estranho, abandonando o aparelho no chão.

O fantasma percebeu começar a esvaecer. Suas pernas sumiam.

– Final-mente. Sua essência es-tá dei-xando essa existência, como a de to-das as outras al-mas.

– Bog... BOG! – Larval entrou em desespero ao perder mais um amigo. Gae Bulg perdia força em seus punhos. Tremia.

– Não se pre-ocupe, você estará jun-to de outros para for-mar minha no-va civi-lização em Hel-gardh – Hella demonstrou uma inocente felicidade, como braço morto apoiado contra o rosto, cotovelo sobre o encosto da cadeira.

Um belo pássaro desceu veloz até o salão de sal, trazendo um pente preso ao bico.

– Finalmente... Arlequim! – a menina mostrou-se empolgada, seu plano havia dado certo.

– Vim cumprir minha missão, menina Lisa – piou a calopsita.

Nem os príncipes nem a Deusa-Rainha compreenderam como aquela ave tinha conseguido chegar da superfície até Helgardh, muito menos como ela havia passado por Forsynkelse e Treg-Het. Arlequim jogou o pente diretamente na mão de Lisa, que o colocou no chão do salão e proferiu:

– Floresta de Espinhos!

O pente balançou sobre o solo, como se tivesse vida ou como se uma força superior o fizesse se mover. Em seguida, afundou no sal e desapareceu.

Apreensivo, Jormungand saltou, capturou Arlequim no ar e a devorou com crueldade. Sorriu para Lisa, revelando dentes cheios de sangue e penas.

– Arlequim... cumpriu sua... missão – disse a menina, com os olhos molhados. – Que se faça a vida num cenário de morte!

– Ma-gia ne-gra. – Hella lamentou.

O homem-cobra foi envolvido por dezenas, depois centenas de galhos espinhosos que nasciam e subiam do solo até o topo do salão, perfurando profundamente tudo em seu caminho. Em segundos, todo o lugar havia se tornado uma floresta de espinhos.

– Cada dente do pente trinta galhos de espinhos – revelou Lisa, com ódio nos olhos.

Apenas a bruxa e Larval foram poupados do ataque. Hella teve braços e pernas perfurados, o Ceifador foi atingido nos joelhos e nos ombros, e Jormungand em todo o corpo, babando agora seu próprio sangue verde, crucificado no alto do salão, para que todos o vissem cruelmente afetado, com um rombo no peito gerado por um grande espinho que o impedia de se mover.

– Você fez tudo issso para que Fenrisss pudessse fugir? – gargalhou, cuspindo mais sangue. – Menina tola! – e desfaleceu.

Quando Lisa percebeu que na verdade havia colaborado para o plano dos nobres, ordenou para que um galho a levasse de volta à superfície, onde poderia encontrar seu amado antes que ele cometesse um grande engano. Ela sentia que ele poderia fazer algo tão ruim quanto o próprio Ragnarok.

– Tome, fique com isso, menina!

Bog arremessou rapidamente Hagalaz, a runa de granizo que ele havia furtado da Deusa-Rainha durante a formação de floresta de espinhos. Lisa capturou-a sem entender, guardou no bolso do vestido e sumiu escuridão acima, sobre o galho, não sem antes agradecer com um olhar triste.

Então, o fantasma desapareceu.

O Coletor de Almas surtou, saltando sobre os pedaços da mesa, avançando pelos espinhos, até atingir o Ceifador no peito com seu remo, prendendo-o contra a parede de sal. O assassino não reagiu, mas também não tombou.

– Agora é sua vez, Hella! Vou acabar de ferrar com tudo isto aqui! – Larval cerrou os punhos, energizando Fogo de Raposa intensamente.

– Não se-rá nece-ssário, Coletor – Hella levantou-se, desvencilhando-se com facilidade dos espinhos que a prendiam com um toque de morte.

Larval desferiu um poderoso soco contra o rosto dela, que o segurou com a mão morta tranquilamente. E a mão esquerda dele começou a morrer.

– Conta-rei uma histó-ria para vocês d-ois. Tu-do fará sen-tido depois.

O Coletor berrava de fúria e de agonia, sentindo um membro se perder como a pior das dores.

– Até lá, vo-cê vai me ouvir. Até o fim de-ssa his-tória, uma parte de si i-rá morrer.

25º CAPÍTULO

A triste história de dois irmãos

Houve uma época em que as pessoas do Reino Unificado da Terra Oca guerreavam entre si por poder, riquezas e os domínios do que não poderia ser dominado: Yggdrasil. Isso foi há duzentos anos.

Lothur e Donar eram irmãos, filhos de uma família qualquer, de um reino perdido, que servia ao imperador para ter o que comer no final do mês. Sendo eles os mais velhos e os mais fortes do clã, foram enviados para a guerra sem esperança de retorno, com ou sem vida. O objetivo era conquistar, matar e pilhar por um propósito alheio a eles, manipulados pelo fracasso do destino e por um punhado de esperança ilusória: a sobrevivência da família deixada para trás. O vazio preenchido com sangue.

Mais velho, bem-treinado e sagaz, Lothur era exemplar no campo de batalha. Temido pelos inimigos, vangloriado pelo povo e admirado pelo irmão, sujava sua espada com remorso e honra, sempre orando pela alma do adversário, que destruía com piedade. Era, de fato, o maior colaborador para o sustento do mundo, mantendo Yggdrasil em harmonia. Não pela paz, mas pela guerra, via um fio de justiça sendo feita.

Donar, não menos incrível, seguia os passos do irmão como um reflexo a ser imitado, superado. Mais forte porém menos hábil no dom das palavras, ele não tinha a aclamação do povo nem se importava com ela, apenas se satisfazia em cumprir sua missão.

Proclamados os melhores soldados de sua geração, os irmãos foram enviados para uma batalha suicida, por motivos mesquinhos, que envolviam política, inveja e o filho mais novo do imperador. Nada relevante para o todo, mas custaria a vida de dois guerreiros que fariam muita falta na grande guerra.

Emboscados, os irmãos receberam um ataque simultâneo de cem ferozes mercenários, que usavam lâminas e armas de fogo. Poderosos, os dois quase sobreviveram, mas não eram invencíveis e, mesmo derrubando a maioria dos inimigos, tombaram. Lothur foi o que mais sofreu, tendo todos os membros de seu corpo cortados em pedaços enquanto vivo. Donar assistiu a tudo, mas lhe abriram um rombo no peito, e o impacto o fez cair precipício abaixo. Mortos, missão cumprida, a guerra logo depois tomou outros rumos e se dissipou na névoa sem um campeão consagrado.

Os destinos de Lothur e Donar se encerravam ali, só para ganhar outro caminho em seguida. Uma jornada de morte e imortalidade, da aflição da vida e do desespero pelo fim dela.

Num cenário onde o Tempo não dominava e a Existência não se aproximava, o guerreiro em pedaços chegou. Sem alma e sem chances de seguir no pós-vida, ele foi recepcionado pela figura escura e fúnebre que assumia formas distintas de acordo com a conveniência ou a situação.

– Bem-vindo.

– Onde estou?

– Onde gostaria de estar?

– Em casa.

– Há um preço.

– Farei o possível.

– Vingue-se.

– Não lembro o que me ocorreu, nem quem sou, então...

– Vai se lembrar no fim. Darei a você um novo corpo, este imortal.

– Quero continuar adiante, vivo ou morto, não assim.

– Para isso, terá a missão de decapitar a cabeça dos que o mataram e amaldiçoaram: reis e regentes.

– Farei isso, então.

– Já nasceu com a habilidade, agora terá uma espada especial para a função.

– E depois?

– Depois do último, voltará para casa.

– Selo contigo nosso acordo. Assim será.

– Eu sou a Morte, e você, o Ceifador.

Larval soltou Gae Bulg do Ceifador, permitindo que este caísse de joelhos, sangrando.

– Somos... irmãos – disse o Coletor de Almas, pasmado com a lembrança perdida.

– Sim – Hella terminou sua história, libertando o punho morto dele.

– Eu... Lothur – disse o Ceifador, esclarecido por completo também. – Tu estavas ali, eras a Morte, não?

– Sim. Eu, a M-orte. Ou mi-nha mãe. A enti-dade é uma par-te de mim, de minha essên-cia.

– Sou Donar... – Larval espalmou os braços para os lados, o esquerdo apodrecido, olhando para si, se redescobrindo. – Donar! Agora tudo faz sentido.

– Eu dis-se que faria. Lem-bra-se de seu des-tino?

– Donar caiu do precipício, direto nas águas do Rio Lethe, que apaga a memória de quem a bebe ou a toca. Isso me tornou imortal, mas sem identidade...

– Faon, o Cole-tor de Almas na é-poca, o encontrou e o cri-ou. Ca-da um a sua maneira, vo-cês se tor-naram indestrutíveis – ela usou o olho bom para encarar o Ceifador, depois se voltou para o Coletor. – Ob-viamente, se luta-ssem entre si, esse fa-tor mudaria, como mudou.

– Ainda imortais, só teremos a paz cumprindo cada um sua missão, certo? – perguntou o assassino, se arrastando, depois cambaleou até próximo de Jormungand, em direção a Nothung.

– Exa-to.

– Para que eu continuasse imortal e pudesse sucedê-lo, Faon guardou minha alma num lugar seguro – disse Larval.

– Sim. Com isso, além de man-ter seu filho ado-tivo no est-ado de imortal, Faon também cumpriria sua fun-ção como Coletor...

– ...sustentando Yggdrasil – concluiu.

O Coletor de Almas recolheu Gae Bulg e olhou para o alto com determinação.

– Preciso, enfim, cumprir minha missão. Meu propósito.

– Sim, irmão. E eu cumprirei a minha.

Tão logo o Ceifador terminou a frase, decapitou Hella com a espada longa roubada de Jormungand. A cabeça da Deusa-Rainha rolou para o lado, o rosto no solo, o corpo imóvel ainda em pé. O assassino fincou Nothung no chão e esperou. Sem olhar para trás, murmurou para Larval:

– Vá, Donar, agora é tua vez.

– Lothur...

Os irmãos não se viram mais.

Nunca mais.

26º CAPÍTULO

O começo do fim

Yggdrasil, 18h

Lisa alcançou a superfície tardiamente, subindo pelos galhos espinhentos que dominava com sua magia. A visão do fim do mundo a assombrou.

Tormenta no céu, terremoto e furacão na terra, águas gerando ondas gigantescas, defuntos de pessoas, vampiros e animais por todos os lados. Yggdrasil desmoronava pouco a pouco, seus enormes galhos caindo nas fendas abertas do solo, abrindo novas fendas, causando novas mortes. Nada sobrevivia, nem mesmo os deuses ou as nornas, dependentes da estrutura da Árvore-Mãe.

Uma sombra ocultava o Sol do crepúsculo. Olhando com atenção, a menina viu pelos negros do tamanho de estradas cobrindo um corpo colossal e monstruoso, maior que a terra, maior que o céu; ainda que não como Yggdrasil, era quase. Um monstro que destruía tanto quanto o próprio Ragnarok. Ele se movia para longe, bem longe dali, mas era tão terrivelmente imenso que parecia estar ao lado dela. A besta acabava de devorar Heimdall quando Lisa entrou em desespero e começou a chorar.

– Meu príncipe, onde está agora? Você disse que me protegeria...

– Os príncipes encantados da vida real são bem diferentes dos contos de fada, bruxinha! – berrou Miliz Lillin, surgindo à espreita de Lisa, pelas costas. A vampira estava em pé sobre uma pedra, com as mãos na cintura, poderosa. Tinha chegado o momento que tanto esperava. – Vou sugar todo o sangue de seu corpo, não vai lhe sobrar nem a alma!

A reação da menina foi instintiva. Ela ativou o fogo das órbitas da Estrela das Bruxas e girou o cajado na direção da inimiga, disparando uma rajada forte, que atingiu a pedra e a fulminou. Miliz saltara segundos antes e naquele instante se encontrava sobre a cabeça de Lisa, desferindo um veloz golpe com o punho, que abriu cortes profundos na bochecha da bruxa. A garota escorregou para trás, mas conseguiu se manter em pé. A vampira novamente parou atrás dela e dessa vez rasgou-lhe as costas, deixando o sangue jorrar com abundância, acelerando a hemorragia.

Com a Estrela das Bruxas, Lisa desenhou no ar um círculo, e um outro se formou aos pés de Miliz, gerando uma elipse de fogo, que só não a incinerou porque outro vampiro se sacrificou no lugar dela.

– Do jeito que eu gosto! – disse, sádica, lambendo os beiços.

A menina correu até a margem do Rio Lethe, caótico em ondas perigosas, colocou uma mão sobre a boca e fez ecoar:

– Samuel!

Um grande salmão surgiu das águas, já esperava pelo chamado. Saltitou até a beirada do rio e cuspiu um lenço guardado.

– Estou cumprindo minha missão, menina Lisa!

– Obrigada...!

A vampira chegou de súbito e esmagou Samuel com a força dos seus pés, não dando a ele chances de ouvir o agradecimento de sua ama.

Lisa conseguiu afastar a ágil Miliz com a órbita acesa de seu cajado e logo jogou o lenço numa porção seca do solo.

– O que está fazendo, sua imbecil?

– Lençol d'Água! – proferiu com a magia.

A menina sorriu, sarcástica como sua inimiga pela primeira vez. O lenço se fundiu ao solo e depois o tornou águas claras, forte em ondas e correntezas, que avançaram como um oceano mágico sobre a vampira. Envolvida completamente, ela começou a se afogar. Sua corja também, todos atacados pelo encanto do último presente mágico. Novamente, um vampiro salvou Miliz da morte, conseguindo usar sua força vital para jogá-la para fora do lençol de água. Ela se recobrou rápido, respirando ofegante, com ódio nos olhos. Avançou, abandonando sua raça para a morte por afogamento.

– Minha nossa... você não se importa com ninguém mesmo, né, vadia? – reclamou Lisa, enquanto tentava outro encanto com sua lanterna.

– Lorde Polidori VENCEU! – gritou Miliz, a milímetros de distância da menina, prestes a mordê-la.

Uma rajada de ectoplasma explodiu as duas pernas da vampira, que rodou para longe da bruxa.

– Mas que diabos... você?

– Sim, eu – disse a Capitã Freya Uller, reativando sua nova prótese no braço direito, punho apontado para a inimiga, uma energia verde se concentrando para um novo disparo.

A cabeça de Miliz Lillin explodiu, miolos para todos os lados. Freya sorria, satisfeita.

– Missão cumprida – disse, enfim.

Os demais vampiros seguidores de Miliz acabaram por se afogar, e o encanto de lençol de água se dissipou. Lisa se aproximou da capitã, sem cuidado, e a abraçou.

– Obrigada!

– Nem vem, menina. Se não estivéssemos no fim do mundo, eu ainda estaria caçando você!

A menina assentiu, feliz por ter feito outra aliança em meio ao Ragnarok.

– Freya, né? Então, o que é aquela criatura gigante...?

– Ah, droga! Não vai restar nada com ele! É o lobo da lenda... Fenris.

Lisa sentiu a cabeça rodar, o estômago revirar, a esperança abandoná-la com crueza. Caiu de joelhos, chorosa. Não se importava com o avanço das ondas, as fendas na terra, o vento forte, os relâmpagos fulminantes... Apenas seu príncipe. Seu amor um monstro.

Em seguida se lembrou, quase uma voz na mente:

E no final, quando os galhos estiverem caindo e a esperança estiver morrendo, a decisão estará contigo. Lisa, você sempre terá uma escolha, lembre-se disso. Ou a mente ou o coração. Um deles vai matá-la, o outro vai matar a todos. Você escolhe.

Então, escolheu.

27º CAPÍTULO

A alma do Coletor

Yggdrasil, 18h20

Eu sonhei com o fim.

Lisa e Freya atravessaram uma área descampada com dificuldade. Aberturas na terra engoliam humanos com fúria e fome, o vento arrastava os corpos para um abismo trágico, nada sobrava. Yggdrasil se despedaçava pouco a pouco, centenas de mortos pelo caminho. A menina teve de ser forte. Começou a subir uma pequena montanha, escoltada pela capitã; as duas pretendiam chegar ao topo para tentar impedir as ações de Fenris, descontrolado.

– É a coleira... O irmão dele, aquela cobra, tirou a coleira de Fenris. Por isso ele se tornou... essa coisa! – lamentou a bruxa, usando o cajado entre as rochas para facilitar a árdua subida.

– Gleipnir. Esse é o nome que a lenda dava à coleira do príncipe, forjada por anões, sob encomenda dos reis, para conter o homem capaz de punir tanto quanto o Ragnarok.

As duas se aproximavam do alto quando a penumbra dominou o ambiente, o Sol escuro, ofuscado pelo corpo do colosso, a Lua perdida atrás de nuvens mortas, as estrelas abandonadas para sempre. O grande lobo, Fenris, devastava quatro reinos com uma baforada só; fogo negro. Seu corpo podia ser visto de qualquer canto da Terra Oca, suas costas arranhavam os céus, as patas afundavam até Helgardh, os olhos como um satélite, os dentes tão impressionantes quanto um galho da Árvore-Mãe. A visão do horror matava, senão pelas investidas, somente por sua presença.

Lisa não chorou, mas ficou paralisada. Não temia por sua vida, mas pela dele.

O Sol extinto junto das estrelas
Fendas que se abriam na terra, a Lua Negrejante,
Onde os corações esfriavam, a esperança também;

18h53

Forsynkelse e Treg-Het estavam jogados no solo, arrebentados, sangravam o sangue dos defuntos. O elevador do Submundo estava quebrado, correntes em nós complexos montavam o mosaico da passagem da fúria por ali.

Eitri Opala, com Ratatosk nos ombros, corria do outro lado das raízes de Yggdrasil, procurando em desespero por um abrigo, quando avistou os gêmeos caídos. O rastro indicava o óbvio.

– Larval passou por aqui! – murmurou a pequena mecânica, com um fio de esperança.

– Ali em cima! – gritou o esquilo.

A dupla assistiu ao Coletor de Almas galgar o tronco de Yggdrasil, tendo Gae Bulg como único equipamento, fincando-o na madeira sagrada para auxiliar na subida. Era uma escalada complicada e demorada. Enquanto isso, a Árvore-Mãe morria.

– O que ele pretende?

Ratatosk não cogitou uma resposta e, saltando dos ombros da mecânica, escalou até próximo do Coletor; afinal, era hábil em seu próprio território.

– Yggdrasil não tem mais salvação, Larval. O mundo acabou! Precisamos achar uma forma de sair daqui!

– Sinto muito, esquilo, mas não há escapatória. Nem pra mim, nem pra você, nem pra ninguém! – ele estava bastante ofegante.

– Co-como...? – Ratatosk engasgou, triste, mas já sabia.

– Findo aqui a missão de um Coletor de Almas. Sei que Faon teria feito o mesmo. Nenhuma dessas almas será perdida ou destruída com o Ragnarok...

– O que vai acontecer...?

– Elas terão mais uma chance. E poderão, no futuro, construir e estabelecer uma nova Yggdrasil. Confie em mim.

Larval sorriu daquela forma sarcástica que só ele sabia e depois seguiu sério na extensa subida. Seus punhos e o remo brilhavam o azul do Fogo de Raposa, intensos, determinados como ele.

O esquilo guardião desceu e relatou a breve conversa para Eitri. Ela concluiu o raciocínio:

– Ele vai tentar parar o Ragnarok.

Reis coroados tombavam, decapitados,
Muitos fugiam, inquietos com o trevoso céu
A mortalha de um mundo extinto, e então de novo,
Ciclo, serpente e lobo, devastando o que não mais existe;
O visitante inesperado, inescrupuloso, maldito
A morte, aquela que não morre e o que quer morrer,

– O que está fazendo, bruxa?

Freya Uller tentava compreender e trazer Lisa de volta à realidade. Esta estava parada diante do pesadelo Fenris, queimando com morte florestas, rio e campinas. Do alto daquela montanha, as duas o avistavam bem próximo, ainda que ele não as tivesse notado. A capitã sacudiu a menina três, quatro, oito vezes – e nada. Aflita, desferiu um soco no rosto dela, mas Lisa caiu sentada, ainda pasmada. Sua mente não processava e não aceitava aquela realidade; não a do fim do mundo, mas a de seu amado exterminando a vida na Terra Oca. Por quê?

Quase refletindo, quase falando, um murmúrio, um pensamento, ela cochichou para si:

– Ele... não sabe... o que está... fazendo...

– Todos os meus homens foram derrotados aqui, menina. Eu não tenho mais nada a perder!

Freya ativou mais uma vez seu braço mecânico e projetou um fluxo de ectoplasma, disparando contra o lobo. A explosão foi bonita, abriu uma pequena ferida na pelugem negra, que logo foi curada por seu fator regenerativo. Ato inútil, inócuo.

Foi o suficiente para chamar a atenção da besta.

Fenris rugiu tão alto, mas tão alto, que Freya, Eitri, o esquilo e alguns humanos e animais que ainda viviam, tiveram seus tímpanos estourados, ensurdecendo imediatamente. Plantas murcharam, um arvoredo morreu, um lago secou, novas fendas se abriram no deserto.

A capitã desceu a montanha por outra via, correndo com destreza e disparando novas rajadas de ectoplasma contra o lobo – nenhuma bem-sucedida. Fenris abriu a bocarra do tamanho de um reino e concentrou ali a energia do fim, disparando o fogo negro que transformou Freya Uller em cinzas, fazendo evaporar sua existência como se fosse nada.

Lisa despertou.

Foi necessário um sacrifício para ela acordar. Lamentável.

A menina com o fogo na mão, despudorada;

19h20

Aos pés da Árvore-Mãe, Eitri Opala e Ratatosk estavam desmaiados; o rugido de Fenris – ou a dor no ouvido – fora o suficiente para tombá-los. Não demorou para que outro galho caísse do alto e esmagasse seus corpos, levando-os depois para as profundezas da terra, numa nova fenda do terreno afetado.

Larval assistia a toda a cena do alto, triste, mas decidido sobre seu destino. De frente para o centro de Yggdrasil, ele concentrou suas últimas forças e arrebentou o núcleo pulsante com Gae Bulg, que rasgou a cédula de trilhões de almas armazenadas por eras incontáveis e as libertou da Árvore-Mãe; naquelas condições, não precisariam mais dela.

– Donar... Então eu estava aí, o tempo todo. *Minha* alma – disse Larval, o Coletor de Almas, Donar.

Pela última vez.

O homem com o desfecho no punho, sem alma, sem nada;

Lisa de frente para Fenris. Bruxa e lobo se olhavam.

Os apaixonados separados pelo sutil véu da morte.

Acalantados pela decisão e pelo desequilíbrio. Não tinha mais volta.

Mesmo encarando um monstro, a menina via seu príncipe, de face pálida e sorriso sereno, aquele rapaz que lhe prometeu segurança, que lhe ensinou o amadurecimento e lhe abriu o coração.

Seu amado.

Seu inimigo.

O inimigo do mundo.

Lisa nem precisou pensar. Como jamais havia conseguido antes, acendeu a Estrela das Bruxas, as duas órbitas fulminando poderosamente. Ela ia fazer o que deveria ser feito.

Fenris, estivesse ele como o príncipe benévolo ou o monstro da morte, na memória da menina ou com uma transmissão de pensamento, proferiu com sinceridade:

– No final das contas, o que realmente importa é quantas pessoas você conseguiu conhecer e mudar antes de morrer.

A bruxa deixou escapar uma única lágrima.

O lobo abriu novamente a bocarra e desferiu seu letal fogo negro, mas a rajada apenas a envolveu, circundando-a numa espiral como se fizesse parte dela. Fogo de volta ao fogo. Lisa estava séria, decidida e consciente de seus atos. Sua lanterna sugou o ataque inimigo para dentro das órbitas, o que alimentou ainda mais poder ao artefato. Fenris tentou outra cusparada, mas a menina apenas bradou.

– Estrela das Bruxas!

E as chamas mágicas, vermelhas como o sangue que sai da vida para a morte, quente como foi o rápido amor daquele triste casal, cobriu o corpo do grande lobo, queimando sua carne com rapidez e ferocidade, não lhe dando tempo de reagir, rugir, nem sequer sofrer. Da mesma forma repentina que Fenris surgiu, ele se foi. Em instantes, poeira de estrelas.

O fogo da Estrela das Bruxas protegeu o corpo de Lisa de todo o resto.

Do Ragnarok.

Dois inimigos que vieram a encontrar-se
Junto à árvore do mundo, sustento finito da realidade
Para um uso profano; eles a resolveram
E para viver um nada, resgataram o que ali era proibido
Levando o caos, o fim e o vazio, sem vida.

O núcleo de Yggdrasil se esvaziou. Todas as almas rumaram para outro destino; não importava qual, continuariam, sobreviventes do caos.

Destino encontrado, identidade revelada, memória resgatada, as almas salvas. O Coletor cumprira sua missão. Mesmo com a queda da Árvore-Mãe e com a destruição de toda a Terra Oca, aquele ato havia salvado o mundo do fim. Larval, ou Donar, parou o Ragnarok.

Junto de Yggdrasil, o Coletor de Almas desapareceu, deixando a vida para trás.

28º CAPÍTULO

Sobreviventes

Reino de Golgotha, 20h

Rapsag foi o último dos três a subir no altar improvisado na proa da Arca de Noach, pilotada por Stupet e coordenada por uma das Irmãs da Cruz Santa. Os sacerdotes do Messias estavam reunidos novamente para celebrar os bons atos de seu Mestre. Ajoelhados perante ele, ouviam com atenção enquanto ele falava para o povo:

– Todos vocês, homens e mulheres, velhos e crianças, meu povo, foram poupados do destino trágico que a Terra Oca sofreu. Vim de outro mundo que teve fim semelhante. Mas agora tenho a oportunidade de reconstruir, começar do zero uma civilização.

Quase duas mil pessoas assistiam a Yeshu e sentiam-se honradas pela oportunidade. Do navio construído para resistir ao Ragnarok, sobrevoando alto o mundo, tinham o vislumbre do caos.

– Todos vocês, meus súditos, terão a honra de se tornar vampiros, essa raça pura, forte e imortal. Não se preocupem com alimentação, temos um estoque seguro na embarcação. Mas, se for necessário, alguns de vocês servirão de sacrifício para a sobrevivência da maioria. Isso se dará através de sorteio.

A população ovacionou o Mestre com louvor. Alguns berravam e choravam de emoção. Yeshu voltou-se para os três sacerdotes:

– Choir Elm, Rapsag e Bah La Tzar, cada um de vocês governará um reino da Nova Terra Oca. Selecionem 500 humanos cada e os transformem. Esperem entre cinco dias e uma semana, e então começaremos a repovoar o mundo à nossa imagem.

– Sim, Lorde Polidori – em uníssono.

Virando-se para a visão abaixo, fora da arca, com os braços cruzados para trás e expressão serena e despreocupada, o Mestre falou para si – sendo ouvido por quem estava próximo –, enquanto acariciava Megingjord, o amuleto em seu pescoço:

– Yggdrasil caiu. Meu acordo selado com Hella foi cumprido, ela com seu reino no Submundo e eu com meu reino na superfície. Sacrifícios necessários.

Duas moças jovens e belíssimas ajoelharam-se perante o Messias, beijaram os pés dele e se desnudaram, implorando pela transformação. Indiferente, Yeshu orgulhava-se de tudo ter dado certo, era nítido em seu olhar.

– Uma terra não sobrevive sem reis. Eu serei o Rei do Mundo. Imperador da Terra Oca – voltou-se para seu povo, punho no alto, e vociferou: – Somos sobreviventes! Sobreviventes!

Sobreviventes.

29º CAPÍTULO

A tão esperada morte

O lugar não tinha cor, nem cheiro, nem forma. Não tinha vida.

No não-lugar estava Lothur, com aspecto de Ceifador, revitalizado e em pé, aguardando por quem tanto esperou durante sua imortalidade.

– Então você conseguiu. Não foi fácil, mas você está aqui, finalmente – disse a Morte.

– Todos cumpriram uma missão importante no fim do mundo. Eu cumpri a minha, estou aliviado.

– Sim, as cabeças dos reis. A queda dos reinos. A vingança cometida.

– Quero descansar agora. Preciso.

– Você irá. A morte pertence a todos, mas é para poucos.

A Morte estendeu os braços sem identidade para o Ceifador. Ele tocou suas mãos, aliviado por estar livre da imortalidade, partindo com ela de lá para nunca mais voltar.

30º CAPÍTULO

Funeral

Helgardh, 23h05

Helgardh foi o único reino não afetado pelo Ragnarok.

A Floresta de Espinhos já havia perecido, fosse pela limitação de tempo dos poderes de Lisa, fosse pela presença da Deusa-Rainha, que transformava toda vida em morte.

Jormungand estava completamente recuperado, por seu fator de cura ofídio. O príncipe segurava com cuidado a cabeça de Hella, que observava com seu olho bom um Fenris carbonizado, de volta à forma humana, mas morto. Enquanto isso, do outro lado do salão, o corpo dela usava a energia espectral para ressuscitar Forsynkelse e sua irmã Treg-Het, para que voltassem aos seus postos e consertassem a mesa oval, o elevador e as correntes.

– Pois bem, conseguimos. Helgardh povoada como deveria estar desde o princípio. Estou tomada pela felicidade, irmão.

– Fico sssatisssfeito em sssaber, Hella. E agora, velaremosss Fenrisss?

– Oh, sim. Nosso irmão merece um funeral digno de deuses.

– Que Skuld o abençoe.

Epílogo

Vasilisa Prekrasnaya caminhava entre os defuntos, lavando os pés em sangue, raspando a sola em ossos expostos, tropeçando em membros perdidos nos restos mortais de Yggdrasil. Lamentava em silêncio pelo fim do mundo, mas já não tinha mais forças nem lágrimas para chorar. Por mais que se culpasse por seus pensamentos, ela lamentava mais a morte de Fenris do que de toda a Terra Oca. Ou de tê-lo assassinado por um bem maior.

Sentou-se sobre a margem do mesmo lago onde esteve com seu amado antes de descerem para o Submundo e ficou ali, por horas, refletindo sobre o nada. Passeava com os pés na lama, onde antes havia água.

Tempos depois, e não soube quando, o crânio de sua Estrela das Bruxas brilhou.

Escuridão. Depois clarão.

A névoa cobriu o cenário. Uma silhueta familiar se aproximou lentamente.

– Como você está, minha criança? – Baba Yaga indagou.

– Triste. Ficarei assim por muito tempo, creio... – disse Lisa, cabisbaixa.

– Lamento, mas era inevitável. Eu avisei.

– Sim, a senhora avisou. Aliás, como conseguiu sobreviver?

– Não consegui.

– Então...?

– Infelizmente, não estou aqui, pequena. Este é um reflexo. Um eco deixado para falar com você.

– Sinto muito...

– Pare de se lamentar. Você foi a Escolhida, não à toa sobreviveu.

– E do que adiantou ser a Escolhida? Não consegui salvar o mundo, não consegui salvar Fenris. A Estrela das Bruxas só serviu para matar, matar, matar!

– A Estrela das Bruxas é sua arma contra o mal. Serviu – e serve – para protegê-la inúmeras vezes, inclusive da destruição do mundo, da qual nem os deuses sobreviveram. Ela terá outras funções com o tempo. É a arma suprema.

– Arma... pois é. E o tempo não importa mais, estou sozinha agora.

– Escute, minha criança: primeiro, você não está sozinha. Yeshu e quase toda a população do Reino de Magog sobreviveram ao Ragnarok e irão repovoar a Terra Oca em breve.

Lisa ficou pasmada, olhos paralisados de espanto no vazio. Baba Yaga continuou:

– Segundo, você tem uma arma poderosa e teve presentes mágicos que a ajudaram quando precisou. Agora, beneficamente, ganhou novos presentes que a ajudarão em sua próxima jornada: Nothung, Andvarinaut, o Pêndulo de Balor, sua boneca, o espectrorama...

Então, a menina bateu o pé em algo atolado na lama. Curiosa, logo o retirou de lá – era o espectrorama.

– ...e a runa Hagalaz.

Ela tateou o bolso do vestido, a pedra estava segura ali.

– Para que todos eles servirão, afinal?

– Com o tempo você descobrirá a função de cada um em sua vida, pequena. Ah, o tempo. Ah, a vida.

– Não entendo, senhora. Eu...

– Eu lhe disse, você é a Escolhida. Só você pode salvar a Terra Oca do Ragnarok. Só você pode impedir a morte de todos os que amou.

Lisa se levantou, encarando a sombra na névoa. A luz da Estrela das Bruxas se apagava aos poucos.

– Como assim?

– Comece pela runa. Hagalaz pode distorcer o tecido do tempo, permitindo que você transite entre o passado e o futuro.

A menina começou a refletir sobre os propósitos de Hella e sobre qual seria a função dessa runa para a Deusa-Rainha. Mas logo a velha bruxa a trouxe de volta à sobriedade:

– Você ainda tem uma grande responsabilidade pela frente, pequena. A Terra Central é seu próximo destino, há pessoas ali que a ajudarão, como o Coletor de Almas e outros a ajudaram na Terra Oca. Mas cuidado, o tempo é tão traiçoeiro quanto a vida e a morte.

– Obrigada, senhora.

Elas gostariam de se abraçar se pudessem.

– Nós nos encontraremos novamente, minha criança. Em outro tempo estarei esperando por você.

Baba Yaga partiu junto da névoa.

A Estrela das Bruxas apagou, deixando Lisa em meio à mortalha do mundo.

Clarão. Depois escuridão.

De seus atos, as trevas eram o universo.

Fim

Glossário

A Canção de Durchgang: canção de Skuld, a deusa-tecelã do destino.

Andvari: o anão-cientista que construiu o computador Andvarinaut.

Andvarinaut: o computador utilizado pelo Coletor de Almas, com um banco de dados sobre todos os espíritos da Terra Oca.

Arca de Noach: navio voador construído pelos vampiros para resistir ao Ragnarok.

Asbru: a Ponte de Fogo Aesir, próxima de Yggdrasil, protegida por Heimdall.

Bairro dos Colibris: lugar onde nasceu Vasilisa e sua família Prekrasnaya.

Bosque do Fim do Mundo: floresta no plano etéreo, onde residem as três nornas.

Caverna Umbra: caverna entre o Reino de Magog e a Ponte de Asbru, habitada por criaturas escuras e hostis.

Colégio Hermetério: colégio onde Lisa e Miliz estudaram, no Reino de Golgotha.

Conselho das Nações: conselho do Reino, quando todos os reis se reúnem para discutir o destino do mundo.

Espectrorama: aparelho usado pelo fantasma Bog, com funções diversas, como fotografar, analisar dados e comparar grafismos, entre outros.

Estrela das Bruxas: cajado com crânio negro embutido que dispara chamas mágicas de suas órbitas; é também a varinha de Lisa, um dos objetos mais poderosos do mundo.

Floresta de Furfur: floresta da Terra Oca habitada pelos terríveis nagaaes.

Forsite: categoria militar do Reino de Golgotha, com os melhores soldados, comandados pela Capitã Freya Uller.

Frjádagr: sexta-feira.

Gae Bulg: remo sobrenatural pertencente ao Coletor de Almas; também serve como arma.

Gleipnir: coleira presa ao Príncipe Fenris, forjada por anões sob encomenda de reis para proteger o Reino, com a função de conter o rapaz de sua transformação em lobo colossal.

Hagalaz: a runa do granizo, pedra fundamental de Helgardh; tem o poder de distorcer o tecido do tempo.

Helgardh: Reino do Submundo, governado pela Deusa-Rainha Hella e seus dois irmãos, os Príncipes Jormungand e Fenris.

Iblis: reino dos devotos da Lua e das Trevas, governado pelo regente gigante Tiazi, o Tirano.

Irmãs da Cruz Santa: devotas ao Mestre Yeshu.

Megingjord: objeto oval feito de cobre vermelho, colar de Yeshu.

Nagaaes: homens-sapo, selvagens habitantes da Floresta de Furfur.

Nastrand: cidade suja, onde o crime e a corrupção comandam, lar de Faon e Larval.

Nefilins: habitantes do Reino de Magog, filhos de anjos com humanos, como Lisa e Freya.

Nibelungos: habitantes do reino gelado de Niflheim, capazes de resistir ao inverno eterno.

Niflheim: reino gelado ao norte do mundo, governado pelo Rei Höder.

Nothung: espada longa pertencente a Jormungand.

Óðinsdagr: quarta-feira.

Paço Sagrado: espaço na catedral do Reino de Magog onde são executados os praticantes de magia.

Palácio Invernal: castelo do Rei Höder em Niflheim.

Ragnarok: o fim do mundo e dos deuses, a destruição da Terra Oca e a queda de Yggdrasil, o apocalipse.

Reino de Golgotha: o Reino da Sorte, que fica no centro de um vale, governado pelo guerreiro Rei Balor.

Reino de Magog: reino dos nefilins, antes governado pelo Rei Februss, que ao desaparecer foi substituído pelo Lorde Polidori, o Mestre Yeshu, vindo de outro mundo.

Reino de Miry: o Reino Caído, vizinho ao Reino de Golgotha, governado pelo depressivo Rei Mot.

Reino Unificado: uma das maneiras como chamam o reino composto por todos os outros.

Rio Lethe: rio principal do reino, quem toca em suas águas ou bebe delas perde a memória.

Rio Nastronol: rio próximo a Helgardh que cruza com o Lethe.

Sunnudagr: domingo.

Terra Oca: o mundo nas raízes de Yggdrasil, onde vivem Lisa, o Coletor, o Ceifador e as deusas-tecelãs.

Terra Central: o mundo médio, acima da Terra Oca, ao centro da Árvore-Mãe.

Terra Alta: o mundo no topo de Yggdrasil, onde habitam os anjos e outros seres.

Þórsdagr: quinta-feira.

Túnel Lydelse: túnel que separa a Terra Oca de Helgardh.

Týsdagr: terça-feira.

Yggdrasil: A Árvore-Mãe, que é a colossal estrutura do mundo, com Terra Oca em suas raízes, Terra Central em seu tronco e Terra Alta nas copas, precisa ser alimentada por espíritos para manter o sustento da existência.

Este livro foi composto com tipografia Electra e impresso
em papel Pólen Bold 90 g na Gráfica Edelbra.